RESTER CHIC DANS UN VORTEX

Charline Quarré

RESTER CHIC DANS UN VORTEX

Roman

© 2025 Charline Quarré

Édition : BoD · Books on Demand, 31 avenue Saint-Rémy, 57600 Forbach, bod@bod.fr
Impression : Libri Plureos GmbH, Friedensallee 273, 22763 Hamburg (Allemagne)

Illustration : pawel-czerwinski

ISBN : 978-2-3225-7086-7
Dépôt légal : Mai 2025

CHAPITRE 1

Cet entretien est soporifique, mais nécéssaire. Comme beaucoup trop de choses. La journaliste est pétillante et pleine d'enthousiasme tandis que j'essaye de ne pas bâiller, peut-être est-ce dû au confort moelleux de ce grand hôtel cannois dont on peut apercevoir les clients traverser inlassablement le lobby depuis le salon privé dans lequel je réponds à des questions.

Je ne lis pas ce journal local, mais beaucoup le font, et c'est bon pour mes affaires.

« Gloria, comment devient-on consultante en image ? Est-ce une vocation ?
- Pas du tout. »

La jeune femme fronce ses sourcils dissimulés sous une frange brune mal entretenue.

« Ah ?
- Je dirais que c'est un second départ, en ce qui me concerne. Je n'étais pas du tout partie dans cette direction lorsque j'ai débuté ma vie professionnelle, ni ma vie tout court d'ailleurs. L'élégance était un concept un peu

ronflant auquel je ne portais que peu d'intérêt.
- Alors, qu'est-ce qui a changé ? »

Je marque une pause pour prendre une discrète inspiration.

« J'ai eu à affronter toute une succession d'épreuves personnelles il y a quelques années. Une véritable série noire, durant laquelle j'ai également dû faire face au deuil de ma mère.
- Je suis désolée, souffle mon interlocutrice.
- Merci. »

Je pince mes lèvres un instant pour ne pas qu'elles tremblent avant de reprendre de sang-froid.

« Lorsque je me suis trouvée au creux de la vague, à ce moment où on touche le fond, celui où on ne peut pas aller plus mal, je suis tombée sur un vieux manuel de savoir-vivre qui appartenait à ma mère. Ce livre tout simple m'a procuré un immense réconfort. En le lisant, j'avais l'impression d'entendre ma mère me parler, m'indiquant toute une conduite à tenir que je n'écoutais jamais de son vivant. Cela a redonné du sens à ma vie, et m'a fait relever la tête. Cela aurait pu être toute autre chose, un sport, par exemple, ou un voyage, une nouvelle activité, que sais-je. Pour moi, l'élégance a été la révélation.
- L'élégance vous a donc redonné goût à la vie.

Mais j'imagine que ce concept ne se maitrise pas

du jour au lendemain, à plus forte raison lorsque l'on ne s'y intéressait pas du tout.
- C'est exact. J'ai entamé une transformation personnelle qui, on s'en doute, ne s'est pas opérée en vingt-quatre heures. Rien à voir avec ces émissions de relooking où on claque des doigts pour changer son aspect physique dans l'après-midi. Il s'agit plutôt d'une éducation, d'un apprentissage qui porte sur bien d'autres choses que les apparences.
- Et cet apprentissage, vous pensez l'avoir achevé ?
- Un apprentissage ne s'achève jamais. Mais le jour où j'ai commencé à avoir confiance en moi, j'ai compris que j'avais franchi une grande étape. Après cela, et tout à fait par hasard, j'ai constaté que je pouvais aider d'autres personnes à se sentir mieux dans leur vie. Comme j'ai toujours eu la fibre entrepreneuriale, j'ai décidé d'en faire mon métier. »

Mon interlocutrice, satisfaite, louche un instant sur ses notes.

« Passons aux questions pratiques. Si j'ai bien compris, après visite de votre site internet nommé Nonchalante, vous donnez des masterclass ?
- Oui. Nonchalante propose du contenu gratuit sous forme de vidéos sur internet en français et en anglais, ainsi que des modules payants plus

complets avec des séries de vidéos thématiques, toujours dans ces deux langues.
- Et quels sont les sujets de ces modules ?
- J'en ai publié deux pour l'instant. Le premier est axé sur les premiers pas vers l'élégance, les bases du savoir-vivre, si vous voulez. Celui-ci est plutôt théorique. Dans le second module, on passe à la pratique, à savoir comment se comporter avec distinction dans toutes sortes de situations. Je travaille actuellement sur un troisième module.
- Peut-on en savoir plus ? »

Je souris de toutes mes dents. J'ai hyper envie de pisser, j'aimerais bien qu'on en termine.

« Je crains bien que non, je garde le sujet secret pour le moment. »

*

J'attends que le voiturier me restitue ma Tiguan blanche sur le parvis du palace. J'en profite pour appeler Silvio sans trop y croire. Son téléphone est directement sur messagerie. J'appelle au cabinet.

« Bianci Neurochirurgie bonjour, que puis-je faire pour vous ? demande une secrétaire.
- Bonjour, c'est Madame Bianci. Pourriez-vous me passer mon mari s'il vous plaît ?

- Bonjour Madame Bianci. Votre époux est en consultation là tout de suite. Je vous le passe quand même ?
- Non, tant pis, merci. Il n'y a pas d'urgence. C'est juste que j'étais dans le coin, j'aurais pu passer le voir s'il avait eu deux minutes de libre.
- Oui malheureusement son planning est complet, la salle d'attente est remplie.
- J'imagine.
- Je peux prendre un message pour lui ?
- Dites-lui juste que j'ai terminé mes rendez-vous et que je rentre directement à la maison. »

Je raccroche au moment où le voiturier m'ouvre la portière.

*

J'arrive à bout des quinze minutes d'autoroute qui me séparent du Var et m'engage dans la bretelle de sortie, vers le supplément de quinze minutes de route sinueuse pour rentrer à la maison. J'avais des sueurs froides à l'idée de prendre le volant lors de notre emménagement ici, mais j'ai fini par m'habituer à ces fins rubans de goudron qui grimpent dans le calme olympien de l'Estérel.

Le téléphone retentit alors que je suis à mi-chemin. Comme à chaque fois, je tapote au petit bonheur sur tout et n'importe quoi pour accéder à la connexion en bluethooh.

« Salut Morgan, tu vas bien ? Je reviens de Cannes, je suis en voiture.
- J'avais deviné merci. Tu sais, c'est pas la peine de hurler dans l'habitacle sous prétexte que tu n'as pas le téléphone en main, je t'entends très bien. Ma grand-mère fait pareil que toi.
- Merci. Je te rappelle que je suis une enfant des années quatre-vingt, pas un cyborg comme la nouvelle génération. »

Je négocie le premier virage en tête d'épingle et commence à slalomer de plus en plus adroitement entre les pins, les chênes lièges, les cyprès et autres buissons hautement inflammables poussant sur les roches rouges. Toute à ma concentration, je fais l'effort de moduler ma fréquence vocale à un niveau de décibels acceptable pour mon vidéaste.

« J'imagine que tu as terminé le montage de la vidéo d'hier. Tu l'as envoyée au community manager ?
- Oui c'est fait, j'ai tout envoyé à Émilien.
- Parfait. »

Je dépasse le panneau de Panthier-en-Provence. A droite, une départementale dessert le petit village typiquement provençal avec ses rues étroites et ses quelques commerces de première nécessité. À savoir une pharmacie, un tabac-presse, une supérette, une boulangerie, quatre café-restaurants, un fleuriste, un bureau de poste ouvert une heure par semaine, une station essence, une quincaillerie, et soixante-douze agences immobilières. À partir d'ici, il ne me reste que deux minutes de route jusqu'au hameau.

« Je dois visiter un vignoble demain matin. Quand j'aurai fini, il faudra qu'on fasse une visioconférence avec le webmaster pour faire un point complet. À part ça, j'aurai besoin de toi mercredi. Tu peux venir avec un photographe ? Comme ça on fera un shooting en même temps pour optimiser du temps, ce serait pas mal. »

Je n'obtiens rien d'autre de Morgan qu'une réponse hachée.

« ... avais ... mercred ... pour le ... c'est bon ... »

J'atteins la fin de la route communale qui mène au hameau et passe le minuscule rond-point consistant en un rocher rouge érigé sur un terreplein sec et plein de poussière. Je hurle à nouveau sans le faire exprès :

« D'accord d'accord ! J'arrive chez moi là ! Je ne vais plus caper du tout, je te laisse ! »

La communication meurt dans un brouillard de parasites avant de couper toute seule, à mesure que je progresse le long de l'impasse boisée encadrée par les montagnes desservant les cinq vieux mas qui composent le hameau. Les maisons, bien que côte à côte, sont éloignées les unes des autres. La montagne la plus vertigineuse s'érige derrière les cinq habitations du plateau. Une forêt dense couvre de nombreuses cavités naturelles dissimulées dans la roche, où aiment se cacher des animaux sauvages.

Il est un fait particulier ici. Chaque habitant sait que devant chez lui, sa propriété d'arrête à son portail et la haie qui l'encadre. Mais personne ne sait exactement jusqu'où sa propriété s'enfonce dans les hauteurs. Hauteurs qui couvrent l'impasse d'ombres alors que j'appuie sur la commande de notre portail.

« Allez … » dis-je tout haut en attendant que les deux panneaux de métal fatigués pivotent sur leurs vieux gonds.

« Bonjour Gloria ! Comment allez-vous ? »

J'ai sursauté si fort que j'ai failli me cogner la tête. France Pons, la voisine occupant la deuxième maison de l'impasse, m'adresse un sourire amusé, son immense silhouette cassée en deux pour me parler à hauteur de portière. Elle tient une laisse vide dans sa main. Son bouledogue trottine le long des bois bordant l'allée, ignorant notre existence.

« Je vous ai fait peur, excusez-moi.
- Non non, c'est moi qui m'excuse, j'étais dans mes pensées. Écoutez, ça tombe bien, je voulais justement vous remercier encore une fois, vous et votre époux pour l'apéritif d'hier, c'est très aimable de nous avoir invités, nous avons passé un très bon moment avec Silvio.

- C'est normal, ça nous faisait plaisir, à Bertrand et moi, de faire plus ample connaissance avec nos nouveaux voisins. »

Les gros bijoux orange et vert fluos que porte ma voisine autour du cou et accrochés à ses oreilles oscillant tels des pendules me font mal aux yeux.

« Au fait, j'ai jeté un œil à votre site internet lors de ma pause déjeuner. Je n'ai pas eu le temps de regarder les vidéos malheureusement mais ça a l'air vraiment sympa ! La saison est bientôt fine, j'y retournerai lorsque je serai un peu plus au calme.
- Avec plaisir. C'est très gentil en tout cas. Je vous souhaite une bonne soirée, mes amitiés à Bertrand. »

Mes pneus s'enfoncent dans les graviers de l'allée où ils laissent de larges sillons jusqu'au vieux mas rénové. Je n'ai pas choisi cette maison mais je l'aurais certainement choisie si j'avais eu à faire personnellement des visites dans la région.

Silvio s'était offert cette résidence secondaire un an avant notre rencontre. Il ne s'y rendait que très occasionnellement, par manque de temps et par manque d'épouse. Le jardin de la vieille demeure consiste en une végétation anarchique que l'on fait discipliner de temps en temps, incarnée par quelques vieux oliviers dont les racines doivent croiser celles des cyprès, un grand platane qui perd ses feuilles dans la piscine et quelques plants de lavande à peu près bien coiffés. Le reste n'est que de la flore sauvage qui escalade la montagne.

La légère brise ambiante me fait pardonner à Cannes sont atmosphère polluée. Je grimpe d'un pas léger les quelques marches en pierres blanches menant à la terrasse qui contourne la maison.

Je cherche mes clés au fond de mon sac quand l'instinct me fait redresser la tête. J'aperçois les Moran, le couple de voisins du fond de l'impasse, debout sur leur propre terrasse, face à leur piscine, me tournant le dos. Je n'ai pas encore eu l'occasion de me présenter depuis notre emménagement définitif. Je me note mentalement d'y penser sans trop tarder, la fin de l'été étant proche, car j'ai cru comprendre qu'ils ne sont que résidents secondaires, d'après ce que les Pons m'ont dit hier à l'apéritif. Il y a eu polémique à ce propos, car France et Bertrand soutenaient que les Moran avaient acheté leur maison l'an dernier, pendant que Silvio affirmait qu'ils étaient déjà là lorsqu'il avait acquis notre maison quatre ans plus tôt. Chacun est resté campé sur sa position et cela a fini en blague un peu lourde de la part de notre hôte avant de changer de sujet. Peu importe, la moindre des politesses en tant que nouvelle venue est de venir me présenter.

Je me demande comment ils n'ont pas chaud, couverts de vêtements sombres des pieds à la tête comme ils le sont sous le soleil encore impitoyable de la mi-septembre. Le tissu de leurs habits semble assez fin et doit attirer les rayons par leurs teintes presque noire.

Qu'est-ce qu'ils foutent d'ailleurs ? Ils n'ont pas bougé d'un cil depuis que je les ai aperçus. Ils se tiennent côte à côte. Je ne les entends pas se parler.

Mon coeur fait un bond. Ils se sont tournés vers moi d'un coup, comme s'ils avaient entendu mes pensées. J'ai l'air stupide. Pour les avoir épiés, et pour avoir été découverte. Je leur adresse un petit signe de la main fort confus.

Ils me répondent d'un seul et même geste synchronisé.

*

« Tu as de la chance, déclare mon père sur FaceTime, c'est le déluge du côté d'Orléans, je suis rentré trempé de ma balade.
- C'est vrai, c'est un problème qu'on a pas ici. »

Je jette un œil à l'horloge du salon dont le vieux mécanisme réalise l'exploit quotidien de donner l'heure exacte sans trop déconner. Il est bientôt vingt-deux heures, Silvio doit être sur le chemin du retour.

« Je te félicite en tout cas, tu as bien bossé. Terminer une maison pareille en un mois, il faut le faire.

- Non, pas en un mois, papa. Oui, on a emménagé le mois dernier, mais on a commencé les quelques rénovation et aménagements qu'on voulait faire six mois avant, lorsqu'on vivait encore à Cannes. Ça a été plus long et compliqué que tu ne le penses.
- Fais voir un peu les autres pièces, tu ne m'as envoyé que des photos de l'extérieur. »

J'opère une visite virtuelle pour mon père ravi.

« C'est quoi le style que tu as fait ? J'ai oublié.
- Rétro-chic champêtre provençal.
- Ah oui tout ça ! Bah c'est bien. »

Téléphone à la main, j'effectue le tour complet du rez-de-chaussée en commençant par la grande cuisine rétro avec son garde-manger attenant. Je reviens au séjour avec l'immense cheminée, passe par la salle à manger dotée d'une cheminée plus modeste, et un petit salon où Silvio a installé son bureau et sa bibliothèque. Je grimpe à l'étage et présente la suite parentale avec son dressing, puis les quatre autres chambres et leurs deux salles de bains.

« Tu vois, les deux chambres d'amis ne sont encore qu'à moitié aménagées. Les deux autres chambres me servent de studio et de bureau, regarde.
- C'est bien c'est spacieux pour ton travail, tu …
- Hein ? »

Le visage de mon père s'est figé sur une grimace involontaire qui déforme ses traits sur mon écran.

« Papa ? ... Papa tu m'entends ? »

Toute la maison s'éteint. Par la fenêtre, le jardin aussi vient de plonger dans le noir. Je tends l'oreille. Malgré la panne de courant, il persiste comme un bruit sourd de générateur, ou d'unité extérieure de climatisation. Ce n'est pas possible. Si tout est éteint, il ne devrait pas y avoir de bruit. Pourtant je ne vois plus aucune lumière dans l'impasse. La panne s'étend à tout le hameau.

Dehors, les chiens du voisinage se mettent à hurler. À de telles fréquences qu'on croirait qu'il y a des loups parmi eux.

Si la panne est généralisée, il ne sert pas à grand-chose d'aller au panneau électrique mais sur un malentendu, pourquoi pas. Ce sera toujours mieux que de rester plantée dans le noir comme une cruche. J'actionne la lampe de mon téléphone et redescends au rez-de-chaussée.

Je m'arrête net sur la dernière marche. Il y a un bruit dans la maison. Pire que ça. Il y a quelqu'un dans la maison. Une forme noire, haute et svelte qui traverse le salon dans les ténèbres. Un cri de frayeur jaillit de ma gorge en même temps que l'électricité revient et m'éblouit, m'empêchant de voir l'intrus qui s'est introduit chez moi. Il va me sauter dessus, c'est sûr et ...

« Chérie ? »

Silvio me regarde, tout pâle en bas des escaliers.

« Ça va chérie ? Tu m'as fichu une sacrée trouille ! »

Alors que soulagée je me laisse tomber dans les bras de mon mari, les chiens cessent d'aboyer.

CHAPITRE 2

Je sors finir ma tasse de café sur la terrasse. J'ignore encore jusqu'à quand dans l'automne je pourrai poursuivre ce nouveau rituel avant que le matin ne devienne trop froid.

Un raffut venant de la droite me fait tourner la tête. C'est officiel, les Mikkelsen, couple de retraités norvégiens, quittent leur résidence d'été aujourd'hui, direction Oslo. Un tel trajet est une aberration pour moi. Tandis qu'ils continuent à bourrer leur fourgon familial de gros sacs de voyage informes, je me tourne de l'autre côté, vers la maison totalement fermée des Moran.

Ils on dû partir aujourd'hui, finalement, j'ai manqué l'occasion de me présenter. Leur demeure est figée dans le silence. Même l'eau de leur piscine semble s'être figée.

Ils ne reviendront pas de sitôt. Je ne sais plus qui m'a dit qu'ils étaient américains. Pourtant, leur nom, mais aussi leurs prénoms, de mémoire Rose et Richard, pourraient aussi bien être français. On ne pourrait pas faire plus neutre en essayant très fort.

Avec le départ des Moran et des Mikkelsen entre lesquels se trouvent notre maison, le hameau devient presque désert. Je serais bien angoissée si je n'avais pas cet amour du silence. Je me réjouis cependant de la présence à l'année des Pons et de la vieille dame de la première maison, c'est rassurant s'il se passait n'importe quoi.

Je me tourne vers le flanc de montagne dont je ne me lasserai jamais et je reviens rapidement à la réalité.

Bordel de merde, je vais être en retard.

*

À l'ombre d'une grande tonnelle donnant sur le vignoble, je goûte le rosé que l'exploitant vient de me présenter.

« Il est parfait », mens-je avec enthousiasme.

Parfait non mais pas mal. Pas mal du tout, au demeurant, pour du rosé. Il faudrait que Jean-Jacques puisse le goûter. Je vais demander au viticulteur de lui en envoyer une bouteille à Paris.

« Rappelez-moi quel est le projet, déjà ? J'ai oublié le nom de votre entreprise. Cosmique, c'est ça ?
- Non, ça s'appelle Kostyck. »

Je lui épelle son orthographe peu orthodoxe. Il croise les bras, tassant sa silhouette déjà trapue.

« Mais ce n'est plus mon entreprise. C'est une longue histoire. Je n'ai conservé que trente pour-cent des parts, j'ai une autre activité maintenant.
- Ah bon, mais vous y investissez encore de votre temps ?
- Oui, l'actionnaire majoritaire m'a chargée de trouver un vignoble lorsqu'il a appris que j'emménageais dans le Var. On cherche à développer une nouvelle gamme de rosé et ce n'est pas ça qui manque dans la région.
- Pourquoi, vous venez d'où ? Vous êtes parisienne ? risque-t-il avec un soupçon de méfiance.
- J'ai grandi en région parisienne. »

Petite précision qui me fera mieux apprécier, je pense.

« Et j'ai vécu quelques années à la campagne, près d'Orléans, avant de me marier et d'atterrir sur la Côte d'Azur.
- Et Cosmique, vous l'avez créée quand vous étiez à Orléans ?
- Kostyck ? Non, pas du tout. »

Je me lance dans le topo officiel de la genèse de Kostyck. Entreprise dont j'ai eu l'idée au début de ma vingtaine, et que j'ai montée avec Sandra, ma meilleure amie de l'époque devenue mon associée, en parallèle de mon job épouvantablement chiant dans une compagnie d'assurances post-école de commerce.

« Lorsque j'ai créé Kostyck, l'idée était de proposer une marque d'alcools pour de jeunes fêtards branchés.
- Un peu comme à Saint-Tropez ?
- Non, en un peu plus abordable au début, ça s'adressait surtout aux étudiants. Mais la marque a évolué au fil du temps, aujourd'hui, elle est devenue beaucoup plus chic.
- Un peu comme à Saint-Tropez alors ?
- Oui, voilà. »

Il est un peu con celui-là quand même.

« Vous ne faisiez pas de rosé ?
- Non. Le premier produit que nous avons lancé en 2004 était une gamme de bières natures et aromatisées blanche et blonde, qui existe toujours d'ailleurs. Nous avons commercialisé un Prosecco aromatisé à la pêche l'année suivante, puis un crémant d'Alsace à la rose.
- C'est varié en effet.
- Ça l'est encore plus depuis que la société a changé de mains il y a sept ans. Le négociant en spiritueux qui nous a racheté a depuis fait commercialiser d'autres bières aromatisées, et des sans alcool, un autre Crémant, de mémoire, et j'en n'oublie sans doute.

- Ah ouais tout ça ! La vache ! Donc vous avez vendu vos parts pour aller vous la couler douce au soleil ? »

Comment expliquer à ce monsieur que je me suis totalement fait entuber par mon associée et meilleure amie ? Cette amie à qui je vouais une confiance aveugle dans la vie et pour les affaires, car meilleure élève et mieux diplômée que moi ?

Que pendant que Sandra s'occupait tranquillement des chiffres et de la paperasse au bureau, je m'abîmais dehors, courant de rendez-vous en évènements, en y laissant ma santé, mon fiancé de l'époque, et le deuil de sa mère que je m'étais interdit de faire faute de temps ?

Comment aborder le sujet du nouveau petit ami ultra radin de Sandra qui s'était soudain mis à la couvrir de bijoux et de sacs de créateurs, jusqu'à ce qu'un redressement fiscal de la boîte ne révèle d'où provenaient ces fameux accès de générosité ?

Sans parler de la haine viscérale et de la jalousie absolue que je n'aurais jamais soupçonnée venant de mon amie. Des drogues glissées dans mes verres lors d'évènements pour mener à mon discrédit. De l'avocat que j'ai dû engager pour me retourner contre ma meilleure amie, cela en plein redressement fiscal, tout en ayant perdu plus de dix-mille euros d'arrhes pour mon mariage annulé.

Sans parler de l'humiliation d'avoir dû ramper à plat ventre pour recontacter cet investisseur intéressé que j'avais envoyé chier comme un déchet quelques temps plus tôt, en me moquant de lui par-dessus le marché. Pour finalement revenir le supplier de racheter les parts de Sandra, mendier pour qu'il m'en laisse quelques miettes, l'implorer pour qu'il nettoie notre bazar derrière nous ?

Je lui raconte aussi, à ce monsieur, comment j'ai quitté la capitale ruinée pour trouver refuge chez mon père dans le Loiret où j'ai tenu la caisse dans une station-service en rase campagne ? Tout en faisant le deuil de ma mère que j'avais mis sur pause ? En ajoutant le deuil de mes fiançailles rompues, et celui de mon entreprise, pour laquelle j'avais littéralement tout sacrifié ?

« Oui voilà c'est ça, vous avez tout compris ! dis-je joyeusement.
- C'est bien, c'est bien tout ça. Donc là, vous voulez investir dans un rosé, et celui-là vous plaît.
- Je l'adore. »

Je mens de mieux en mieux.

« Ce que nous cherchons à produire, c'est un rosé pétillant. Celui-ci serait parfait. S'il faut investir dans une installation supplémentaire pour le rendre pétillant, ce sera à nos frais, bien entendu. Qu'en pensez-vous ?
- Ah bah non hein ah ah ah ! »

Oui pardon. Comme si ça allait de soi. Tout est pareil dans ce foutu pays, mieux vaut ne jamais vouloir un truc précis.

*

Je profite de faire les courses à l'hypermarché sur le chemin du retour. Profiter est un bien grand mot, l'hypermarché étant l'hyperbole du cafard absolu. La déprime de pousser un caddie là-dedans est redoutable.

Mais s'il n'est pas pratique d'habiter loin des commerces, c'est un moindre mal au regard du malaise permanent qu'a été ma brève expérience de vie en centre-ville de Cannes.

J'y ai copieusement étouffé, durant presque deux ans, dès la demande en mariage de Silvio. Ce n'était pas l'appartement de mon futur mari, mais tout le reste. Le bruit incessant, la foule compacte, les travaux, les touristes, la chaleur odieuse ont vite eu raison de mon enthousiasme une fois installée.

Je me suis trop longtemps déshabituée de la ville après avoir vécu près de cinq ans chez mon père en pleine campagne. Si je voyageais tout le temps pour Nonchalante à la fin, mes étapes citadines étaient très brèves, juste le temps qu'il fallait pour honorer mes rendez-vous professionnels, sortir dans des endroits sympathiques et visiter quelques magasins dignes de ce nom. Ce sont malheureusement des choses qu'on ne trouve qu'en agglomération à forte densité.

Il est très difficile de revenir au bruit permanent lorsqu'on a goûté au calme trop longtemps. C'est du moins le constat que j'ai fait quelques jours après avoir posé mes quelques cartons chez Silvio. La proximité des commerces qui m'avaient tant manqué ne m'ont pas consolée, pas plus que la studette de Silvio au-dessus de son appartement dans lequel j'avais installé mon studio de tournage. Je m'y sentais comme dans un cercueil de béton.

J'ai mis du temps à lui en parler. Je le lui ai longtemps caché, jusqu'au jour où je me suis surprise à pleurer en cachette le matin au réveil. Je ne lui ai pas parlé des larmes, je lui ai juste parlé de Cannes. Et j'aurais dû le faire le plus tôt.

Ce jour-là, tout s'est débloqué. Mon mari s'est montré compréhensif et a proposé de lui-même de faire de sa villa de vacances désertée notre résidence principale.

Depuis, je me sens complète. Je pense que j'ai tout ce que je voulais dans la vie.

J'essaye de balancer un énorme paquet de papier toilette dans le caddie avec le plus de classe possible.

*

Un fourgon Veolia est stationné au début de l'impasse, sur le rond point de fortune. Le véhicule est vide. Je ne savais pas qu'ils passaient aujourd'hui, merde. Puis je me rappelle que les compteurs d'eau sont accessibles de l'extérieur, que les techniciens peuvent venir tripoter les tuyaux qu'ils veulent et faire leurs relevés sans avoir besoin de pénétrer dans les propriétés.

Je longe l'allée jusqu'au portail en attendant son ouverture automatique. Quelque chose bouge un peu plus loin. On dirait qu'il y a quelqu'un. Il porte une veste avec un logo moche. C'est un technicien Veolia qui repart de la propriété des Moran d'un pas pressé, dans doute a-t-il dû oublier du matériel dans sa camionnette. Mais il court vraiment très vite. Le pauvre homme se tord les chevilles sur les cailloux à chaque enjambée. Ce doit être une véritable urgence, il doit avoir fait une mauvaise manipulation. Alors qu'il dépasse ma voiture, son visage m'apparaît dans un flash précipité. Une expression de terreur déforme les traits du technicien.

Il ne court pas pour aller chercher un outil dans son véhicule. Il s'enfuit comme s'il avait vu le diable.

D'instinct, j'ouvre ma portière.

« Monsieur ! je crie. Monsieur !? Ça va ?! »

L'homme ne se retourne pas. Il poursuit sa course folle tel un possédé, le portant bientôt hors de ma vue.

*

Dernier aller-retour à la voiture pour aller récupérer le paquet de papier toilette. Je transpire, de soleil et d'agitation. Le coffre refermé, je laisse choir le PQ sur les graviers dans un bruit mou d'emballage plastique.

Une tête d'homme chauve dépasse au-dessus du portail fermé. Un visage inconnu aux yeux globuleux. Il m'observe avec un large sourire. Trop large pour être amical. Un rictus diabolique qui s'étire sous d'énormes globes oculaires gris bleu. Il doit avoir escaladé la moitié du portail pour avoir pu porter la tête à cette hauteur. Il lève un bras d'un geste lent et passe une main de l'autre côté. Comme s'il souhaitait se laisser glisser tout entier par-dessus le panneau de fer.

Il va passer par-dessus ce con !!

Je me jette dans la maison et m'enferme à double tour. Qu'est-ce que c'est que ce mec mon Dieu !? Je monte quatre à quatre, j'attrape le téléphone fixe de mon bureau et jaillis dans la salle de bains dont je ferme le loquet. Je compose le 17 en tremblant.

Je comprends maintenant. Ce type devait roder chez les Moran. Dieu sait ce qu'il a fait au technicien pour qu'il s'enfuie à pareille vitesse. Je n'ai vu qu'une de ses deux mains, peut-être est-il armé.

Une première tonalité, puis tout s'arrête. Les plombs ont sauté.

Non c'est pas le moment ! Non !

Je me contorsionne pour regarder par la fenêtre mais on voit mal le portail de là où je suis.

Il n'y a plus personne au portail.

Bordel ! Il a dû rentrer dans le jardin !

J'extirpe mon portable de ma poche. La protection en silicone adhère à mes mains moites de peur.

Mon Dieu je t'en prie donne-moi du réseau, tu ne peux pas me laisser comme ça ... Deux barres, au moins, s'il te plaît !

Une opératrice décroche dans un crachin de parasites. Je l'entends très mal.

« Il y a quelqu'un qui essaye de rentrer chez moi, dis-je en chœur avec l'écho de la salle de bains.
- Je ne vous entends ... bien Madame, ... pouvez répéter ? »

*

Les trois policiers ressortent des broussailles du flanc de montage en compagnie de Bertrand Pons qui a rappliqué ici, intrigué par leur venue et à mon grand soulagement. J'ai au moins un voisin sur qui compter en cas d'urgence.

« Il n'y a personne par là-bas, m'indique le policier le plus âgé.
- Vous êtes sûr ?
- À moins qu'il ait escaladé la montagne et soit passé de l'autre côté. Pourquoi pas, mais personne n'aurait eu le temps de faire ça.
- En tout cas, nous avons bien fait le tour de votre jardin, ajoute l'un de ses collègues. Il n'y a rien à signaler. Vous êtes certaine qu'il est entré dans votre propriété ?
- C'est une bonne partie du problème, je ne peux rien affirmer. Je l'ai vu essayer, mais je ne l'ai pas vu y arriver.
- Vous voulez qu'on refasse un tour à l'intérieur si ça peut vous assurer ?
- Non merci, il n'y a vraiment rien à l'intérieur.
- Bien. On va vous laisser. S'il y a quoi que ce soit, ne serait-ce qu'un doute, vous nous appelez et on arrive tout de suite.
- Merci messieurs, d'être venus si rapidement. »

Je regarde le véhicule de police s'éloigner sur l'allée, côté à côte avec mon voisin.

« Ne vous inquiétez pas, m'assure Bertrand. Je suis sûr que c'était pas grand-chose. Un simplet qui se balade tout seul.
- Oui mais quand même. S'il était rentré chez moi ? Sans que je le voie ?

- Vous savez, ça fait huit ans cette année qu'on a acheté la maison avec France. Et en huit ans, il ne n'est jamais rien passé ici. Pas le moindre cambriolage ni effraction. Le calme plat. Un peu trop d'ailleurs, parfois.
- D'accord.
- Que voulez-vous qu'il puisse se passer, quand on y réfléchit bien ? Regardez. »

Mon voisin esquisse un geste ample pour embrasser ce qui nous entoure.

« Nous habitons dans un cul-de-sac perché sur un plateau coincé entre deux montagnes, il faut vraiment le faire pour venir faire un coup ici et s'enfuir. C'est trop risqué. C'est vers le littoral à quinze bornes d'ici que ça craint vraiment.
- Oui ... Vous avez raison.
- Allez, rentrez tranquillement. Rassurez-vous, la police arrive vite, vous avez pu le constater. Et nous, on est là aussi.
- Merci Bertrand. »

*

Si j'avais pu reporter cette visio-conférence, je l'aurais fait mille fois. Entre ce qui s'est passé cet après-midi, la connexion internet pourrie qui fait se figer toutes les deux minutes les voix et visages des mes interlocuteurs et une migraine naissante.

Malgré tout, et bien que cela soit à distance, voir mon équipe me console de cette journée merdique. Denis, mon Webmaster, et Émilien le Community Manager, continuent à travailler avec moi depuis Orléans où ils vivent. Ils ont été les premiers à m'aider à me lancer dans l'aventure Nonchalante et ont été d'une fidélité à toute épreuve. Morgan est le petit nouveau, bien qu'il travaille en free-lance pour moi depuis quelques temps déjà, il est le seul que j'ai le plaisir de pouvoir côtoyer en vrai. Je suis tout de suite tombée sur lui lorsque j'ai dû engager un vidéaste dans ma nouvelle région. J'ai eu beaucoup de chance. Chose qu'il ne cesse de me répéter modestement.

« Donc vous avez compris, je récapitule. Une vidéo sur deux sera destinée au visionnage gratuit en ligne et l'autre ira dans le module payant dont le sujet sera dédié aux apparences : garde-robe, coiffure et maquillage. Toutes les vidéos devront être tournées une seconde fois en version anglaise. Vous m'entendez ? Ah putain ! »

La coordination de mes équipes est belle à voir. L'écran a gelé Denis qui me présente son crâne, Morgan est devenu flou et Émilien bégaye une syllabe à l'infini. Puis la connexion reprend une fluidité relative.

« Quel enfer ton ADLS ! s'écrie Denis. Même en pleine cambrousse on a la fibre ! Qu'est-ce qu'ils foutent chez toi ?
- Bonne question, ajoute Morgan.

- Bon, les gars je sais, on en a déjà parlé, mais faute de mieux il faut faire avec, ou sans. Morgan, j'ai pas entendu ta réponse hier au téléphone.
- Normal tu captes pas non plus. C'était oui, je viens avec un photographe demain. Tu …
- MAIS BORDEL !! »

La connexion est foutue pour de bon. Ça tombe bien, je lâche tout. J'ai de plus en plus mal à la tête.

*

Je sors prendre l'air avant que la nuit tombe. J'applique ce que mon père m'a appris pour atténuer les céphalées. Agrandir son horizon, focaliser son œil sur le point le plus lointain possible. Difficile à faire lorsqu'il fait nuit, surtout ici où tout devient d'un noir absolu qui engloutit tout, y compris les faibles halos des lampadaires et les éclairages de jardin.

Ici, lorsqu'il fait nuit, les étoiles apparaissent par milliers. Lorsque je vivais dans le Loiret, je n'ai pas souvenir d'en avoir vu autant. Sans doute parce que j'habite plus près du ciel maintenant.

Il est trop top pour les étoiles pour l'instant. Seule la lune, arrivé en avance, contemple les deux montagnes. Je focalise mon regard ailleurs, parcours des yeux les flancs escarpés qui entourent les maisons, je fouille à la recherche des grottes dissimulées par la végétation d'où sortent des oiseaux en hurlant comme s'ils ne pouvaient pas le faire en silence. Ils sont les seuls à faire du bruit au crépuscule.

Je me sens un peu mieux et lâche le ciel des yeux. Plus près de moi, j'observe la villa des Moran qui n'ont pas recouvert leur piscine. Ils sont repartis aux Etats-Unis sans la bâcher. Ces deux-là, d'ailleurs, ne se baignent jamais, du moins à ce que j'en sais. Je ne les ai jamais vu entrer dans leur piscine.

Je ne peux pas en dire autant des Mikkelsen de l'autre côté, ce qui est fort pénible. Ma tête me lance à nouveau rien que d'y penser. Tout le putain d'été, chaque jour que Dieu a fait, j'ai entendu les plongeons de la marmaille de nos voisins norvégiens. À croire qu'ils ont sept-cent huit mille petits-enfants. À chaque heure de la journée, sans trêve et sans pitié : PLOUF ! AHAHAHAH !! PLOUF ! AHAHAHAH !! PLOUF ! Stop. La boutique est fermée jusqu'à l'été prochain. Bon débarras.

Mais les Moran non, jamais. Leur propriété est toujours silencieuse, même quand ils sont là. C'est appréciable. Dieu les bénisse pour leur silence.

CHAPITRE 3

« Et rappelez-vous toujours que la maintenance est nécessaire pour conserver les résultats obtenus. Ne vous laissez jamais aller lorsque vous avez atteint vos objectifs, la discipline personnelle doit devenir votre seconde nature, c'est la clé de votre succès.
- Coupez ! crie Morgan.
- Ouf, je soupire. C'est bon, tu as tout ce qu'il te faut ? Tu veux qu'on refasse des prises ?
- Non c'était parfait. Je vais voir si Louis a fini d'installer les lumières dans le salon. Profites-en pour te changer, qu'on puisse enchaîner le shooting.
- Oui chef. »

Je passe du studio au dressing pendant que Morgan démonte son matériel. Je décroche la robe rétro que j'ai préparée pour la séance photo de décoration intérieure. J'ai une sainte horreur d'être prise en photo. Je déteste me voir en image. J'ai l'impression que la pellicule allonge encore ce nez trop grand qui m'a longtemps complexée, qu'elle me tasse encore plus petite que je me trouve. Tout ce cirque est obligatoire pour le contenu du site internet Nonchalante et ses réseaux sociaux. Je ne peux pas y échapper.

Je descends remaquillée. Le jeune photographe finit de régler son trépied. Il paraît assez mal à l'aise, il transpire sous une chemise épaisse et se meut difficilement, lesté d'un surpoids qui semble le faire s'excuser constamment d'exister. J'ai de la peine pour lui, il est mignon pourtant. Il est encore jeune, il peut encore éclore, maximiser son potentiel. Je veux bien lui donner des conseils, mais seulement s'il me sollicite, sinon les gens se vexent.

« À quoi tu penses si fort ? demande Morgan. Tu as l'air habitée.
- Pardon ? Ah non non, à rien.
- Tu es prête ? Louis, c'est bon pour toi aussi ?
- On peut y aller oui » déclare timidement le photographe.

J'enchaîne les poses à contre-cœur. Apparemment, ça se voit. Morgan finit par éclater de rire.

« T'as le droit de sourire Gloria, tu sais.
- Oui, c'est vrai, ajoute Louis d'une voix neutre.
- C'est une boîte de pompes funèbres Nonchalante ?
- C'est bon, c'est bon, je vais sourire. »

Je m'exécute sous les encouragements de Morgan, les flashes se succèdent aussi vite que mes mouvements tandis que je pose la main sur la cheminée, sur le dossier tapissé d'un fauteuil. On dirait qu'ils s'accélèrent. Bientôt, mon regard ahuri est assailli de flashes stroboscopiques. Louis ne cesse de mitrailler. Les lumières me renvoient chaque seconde le visage de Morgan qui semble lui aussi ne rien comprendre. Puis tout cesse. Et Louis se prend brutalement le visage dans les mains.

« Ça va Louis ? s'inquiète Morgan. Qu'est-ce que tu foutais !?
- J'ai mal à la tête », gémit le photographe.

Louis libère son visage de ses mains. Il est livide, le visage grinçant de douleur. J'avance vers lui.

« Vous voulez un cachet et vous allonger un peu, ça vous ferait ...
- Les toilettes ! Les toilettes ! rugit-il d'un coup.
- Là, la porte juste à côté des escaliers. »

Le jeune homme se rue vers la porte en reversant une chaise sur son passage. À peine la porte claquée, un son de vomissement résonne en cascade dans toute la maison. Interdits, Morgan et moi campons devant la porte. Morgan frappe doucement.

« Ça va vieux, Louis ? »

Un nouveau son de régurgitation répond à sa question.

« C'est une sérieuse migraine, dis-je tout bas.
- La vache, ouais... »

Le photographe continue de cracher tripes et boyaux. Cela me rappelle ce plombier venu examiner une canalisation à notre emménagement. À peine arrivé, il avait été pris de violents aux de tête. Si violents qu'il avait dû repartir. Il s'était excusé et avait rebroussé chemin sans jamais revenir.

Cela me rappelle surtout la migraine épique qui avait martelé mon cerveau lors de mon premier séjour ici, lorsque Silvio m'a fait visiter cette maison de vacances. Une douleur infernale, à se fracasser la tête contre la cheminée en pierre.

*

Louis marche fébrilement dans l'allée à côté de Morgan qui attend avec patience que le photographe enchaîne un pas après l'autre. J'ai aidé Morgan à ranger le matériel de son collègue et Dieu merci, ils sont venus avec la voiture de Morgan. Bien que le jeune homme ait l'air d'aller légèrement mieux, il n'aurait pas été en état de conduire sur ces routes qui ne font que tourner.

Je les accompagne par-delà le portail et me penche vers la vitre baissée du passager. Louis est exsangue, les yeux encore larmoyants.

« Je suis infiniment désolée de ce qui vous est arrivé.
- C'est pas grave, souffle-t-il. C'est moi qui suis désolé.
- Ne dites pas ça c'est ridicule. Vous êtes sûr que ça va aller pour le trajet ? Vous ne voulez pas

vous reposer encore un peu ? Je peux vous ramener plus tard avec ma voiture.
- Non, non, je vous promets que ça va mieux. »

Je m'écarte et laisse Morgan démarrer pour de bon. Sa voiture passe à côté de France et de son bouledogue. J'agite le bras vers ma voisine.

« Bonjour France ! Comment allez-vous ?
- Très bien. »

Elle détourne la tête vers son chien qui lève la pâte au-dessus d'une broussaille. Je reste sonnée par la sécheresse de son ton. Je la regarde avec un peu d'insistance. J'ai dû mal interpréter quelque chose. Mais elle me tourne le dos et marche jusqu'à chez elle sans un mot.

*

J'aime autant sortir dîner que je hais les repas mondains. Je me concentre sur la finesse des plats, l'ambiance feutrée du restaurant d'hôtel, la présence de mon mari et fais abstraction de ce qui me gêne, à savoir ses confrères chirurgiens et leurs épouses à qui je me force d'adresser des sourires charmants. Et si j'avais su apprécier ce genre de sorties, j'aurais gardé le goût amer de cette nouvelle journée minable.

Morgan m'a donné toutefois des nouvelles de Louis qu'il a raccompagné chez lui sans qu'il ne vomisse dans les virages, ce qui est une nouvelle acceptable.

Je reste cependant hantée par l'attitude extrêmement froide de ma voisine lorsque je l'ai saluée tout à l'heure.

« Gloria, vous allez bien ? Vous êtes dans vos pensées ce soir. »

J'ai oublié le prénom de la femme assise en face de moi qui me pose cette question devant tout le monde. Et celui de son mari aussi.

« Oui c'est vrai ça, tu es bien silencieuse, ajoute Silvio ».

Mais parce que je me fais chier comme un rat mort, chers amis. Une fois n'est pas coutume, je me permets d'exprimer à voix haute ce que j'ai dans la tête, pas ça bien sûr mais :

« Oui, je suis un peu préoccupée. Nous avons une voisine, France, tu vois ?
- Oui, bien sûr, dit Silvio. Qu'est-ce qu'il y a ?
- C'est bizarre, elle est très sympathique d'habitude, mais elle s'est montrée glaciale quand je l'ai saluée tout à l'heure.
- Vraiment ?
- Elle m'a carrément tourné le dos pour rentrer chez elle. C'est incompréhensible.
- Je ne comprends pas plus que toi. Il y a bien dû se passer quelque chose, s'étonne mon mari.
- Peut-être qu'elle a vu une de vos vidéos est s'est sentie offensée ? » propose une autre convive dont j'ai aussi oublié le prénom.

Oui, Machine, je n'y avais pas pensé, mais c'est peut-être ça. Nous avons là une possibilité.

*

Silvio conduit dans la nuit sur le trajet du retour. J'ai réfléchi sur toute l'autoroute.

« Je me demande quelle vidéo aurait pu vexer France, si c'est bien ça.
- Aucune idée, fait Silvio.
- Tu ne peux pas savoir, tu ne regardes pas les vidéos.
- Peu importe, en tout cas c'est stupide.
- C'est très contrariant, oui. »

Je sors mon portable de mon sac d'un geste énervée et vais sur la page de mon site internet tant que je capte encore. La route commence à grimper. J'en lance une au hasard sans le son. Parce que je comprends immédiatement que je n'ai pas besoin de hausser le volume pour que tout fasse sens.

Parce que, d'aussi peu que je la connaisse, je n'ai jamais rien vu d'autre en France Pons qu'une voisine agréable. Je ne l'ai jamais considérée comme l'antithèse absolue de tout ce que je prône dans mes vidéos.

Ce que France est, sans nul doute. Je comprends qu'elle se sente méprisée mais je n'ai pas la moindre idée de ce qu'il conviendrait de faire pour apaiser son esprit. Je ne peux pas allez la voir en lui disant « bien sûr, votre look est à chier avec vos bijoux fluos et tout le reste, c'est sûr qu'il n'y a rien qui va mais cela ne vous empêche pas d'être charmante en tant qu'individu à part entière. »

Je crois que c'est foutu et c'est bien dommage. Je range mon téléphone. Il n'y a plus rien à faire.

Je claque la portière dépitée devant la maison endormie. Au même moment, j'entends les chiens hurler. Un vol d'oiseau s'enfuit à toute vitesse au-dessus de nos têtes pour rejoindre d'autres ténèbres.

Je ne m'explique pas pourquoi, sans doute à cause de l'air qui s'est rafraîchi, mais je viens de ressentir un frisson glacial.

CHAPITRE 4

La sonnerie du portail retentit. Je me presse d'aller ouvrir et reste à attendre comme une idiote, la télécommande à la main qui vient de faire sauter les plombs, l'ouverture du portail automatique qui reste clos à l'image d'un grand bras d'honneur au bout de l'allée. Saloperie de technologie des années quatre-vingt-dix. Je trotte jusqu'au portail pour l'écarter manuellement dans un affreux grincement. Le soleil écrasant a chauffé le métal qui me brûle les doigts.

« Ça marche pas ? crie Morgan à travers sa vitre baissée.
- C'est quand ça veut.
- Comme beaucoup de trucs chez toi. Je te présente Angel qui va faire les photos aujourd'hui. »

Je souris au gars fluet assis sur le siège passager, dont le visage mince disparaît sous une barbe soignée mais terriblement moche.

« Bonjour Angel. Bienvenue.
- Et Louis, je demande à Morgan. Tu as des nouvelles ? Il va mieux depuis hier au moins ?

- Oui, il va mieux, mais il ne se sentait pas encore très frais ce matin. Il valait mieux qu'il se repose aujourd'hui après avoir dégueulé dix mètres cubes de gerbe hier.
- Tu es sûr qu'il va mieux ? Vraiment ?
- T'inquiète. Bon on y va ? On a un shooting à terminer et un autre à commencer. T'es prête, là ? T'as un cheveu qui dépasse.
- Rien à foutre, on verra pas ma tronche sur ces photos-là, c'est du mobilier et des objets de déco. Aujourd'hui on... »

Je me redresse brusquement. Les Moran se tiennent devant leur boîte aux lettres. Je ne les avais ni vus, ni entendus. Ils portent encore des vêtements couvrants malgré la chaleur épouvantable d'aujourd'hui. Je ne sais pas comment ils font pour supporter tout ce tissu si près du corps. Ils me fixent en souriant placidement, sans transpirer la moindre goutte. J'ai la bouche sèche. Ma voix s'éraille légèrement en une portée de fausses notes.

« Oh bonjour ! Je ne vous avais pas vus !
- Bonjour, répond Richard, le mari.
- Excusez ma surprise, j'étais certaine que vous étiez repartis.
- Nous sommes encore là », admet tranquillement Rose Moran sans le moindre accent étranger.

Son époux croit bon de rajouter, sans trace d'accent non plus :

« Nous ne sommes pas partis. »

Il y a quelque chose de bizarre dans cette conversation. Elle sonne faux. Ils sont un peu particuliers tout de même. Un grondement de moteur rugit derrière moi, Morgan a démarré pour aller se garer devant la maison. Je reprends mes esprits en me tournant vers mes voisins, toujours souriants.

« Heureuse que vous soyez encore là, alors. Je vous souhaite une bonne journée. A bientôt ! »

Ils me répondent par un petit signe de la main, presque timide.

Je rejoins Morgan et Angel qui déchargent le matériel de la voiture, ils ricanent lorsque j'approche.

« Qu'est-ce qu'il y a ?
- Rien, des conneries.
- Mais dis-moi.»

Morgan termine de rire en enroulant un câble autour de son bras. C'est agaçant. Il désigne Angel qui grimpe les marches avec un spot.

« Il dit que tes voisins, c'est des extraterrestres. »

La blague est tellement hilarante que j'entends son auteur pouffer un grand coup en franchissant la porte.

« N'importe quoi, vous deux. N'importe quoi. »

CHAPITRE 5

« Je vous ferai tout livrer à domicile, m'annonce la créatrice.
- Oui ça m'arrange, merci beaucoup. Dès que je reçois la vaisselle, je contacte mon équipe pour la mise en place du shooting. Je vous tiendrai au courant du planning dès qu'il sera établi.
- Merci encore d'avoir accepté ce partenariat.
- C'est mérité, je n'accepte pas souvent, mais votre ligne de céramique est magnifique. »

Je sors ravie de la boutique et commence à marcher dans les rues de Nice. J'ai fini mes rendez-vous plus tôt que prévu. Je me sens légère, heureuse d'avoir la fin d'après-midi à flâner, car ce n'est pas si souvent. D'autant que Silvio me rejoint à Nice pour dîner au restaurant et cela non plus, ce n'est pas si souvent, les vendredis soirs rien que nous deux. Même si la soirée ne s'éternisera pas car il doit opérer demain dans la matinée.

Les dîners en tête à tête tout court sont assez rares. Les raisons sont variées mais tournent exclusivement autour de la profession de mon époux. Soit il termine tard à cause de ses consultations, soit je l'accompagne à des dîners entre praticiens, séminaires et autres événements autour de la neurochirurgie où je pourrais décéder d'ennui. Lorsqu'il lui arrive par un prodigieux miracle de rentrer tôt, il y a de grandes chances qu'il franchisse le seuil de la maison dans un état de fatigue indescriptible. Dans le cas contraire, le destin voudra toutefois qu'il doive se coucher très tôt pour opérer aux aurores le lendemain.

Ainsi, le temps passé seule avec mon mari est précieux. Et la perspective du dîner de ce soir me comble de joie.

Je me doutais, pourtant, au moment de vivre avec lui, que je ne le verrais pas si souvent. Je ne me figurais pas, cependant, qu'il serait autant absent. Ce n'est pas dramatique, j'ai toujours eu un caractère solitaire. Mais j'en suis parfois à attendre patiemment qu'il atteigne l'âge de soixante-cinq ans pour être à la retraite. Plus que vingt-deux ans à attendre, donc. Là on se verra souvent. Peut-être trop d'un coup …

« Aïe ! Vous pourriez faire attention ! » je crie.

La cagole qui vient de me bousculer d'un coup d'épaule m'adresse un regard chargé de colère. Elle n'est tellement pas habillée que l'on voit quasiment chaque millimètre carré de sa peau devenue orange par trop de soleil et les marques des différents maillots de bains utilisés au cours de l'été. Ses lèvres enduites d'une immonde pellicule rose pastel se lancent dans une formule de politesse qui lui est propre :

« Mets-toi son serre-tête dans le cul sale bourge ! »

Elle s'éloigne prestement d'une démarche chaloupée, s'arrête, se retourne et ajoute :

« Avec le balai qu'est déjà dedans ! »

Bon, c'est une pauvre fille, ce n'est pas très grave. Je me tourne devant la vitrine d'une librairie et contemple mon reflet assombri. Je réajuste ledit serre-tête en velours qui me permet de dompter sans trop d'effort ma crinière d'italienne, la même que celle de ma mère. Sans cet instrument controversé, je devrais passer plus de temps à me coiffer, et mes journées sont trop courtes.

J'en profite pour me glisser dans la librairie et me rends directement au rayon des livres d'art. J'empile une demi-douzaines d'achats compulsifs potentiels avant de me souvenir que je suis à pieds jusqu'au dîner. Ce serait dommage de me faire une hernie avec tous ces volumes qui pourront bien attendre une prochaine fois. À regret, je n'en garde qu'un, remets les autres à leur place et me dirige vers le rayon décoration où un livre sur les arts de la table me fait de l'oeil, aguicheur sur son présentoir. J'arrive, j'arrive ...

À ma grande surprise, je distingue un curieux sous-rayon sur l'étagère d'à côté. Je me baisse pour en lire les tranches. Il y a là une petite dizaine de livres sur les Ovnis. Je ne savais pas qu'il existait ce genre de rayons. Je caresse les tranches de ces minces volumes dont je ne reconnais pas les logos des éditeurs. Il dit que tes voisins, c'est des extraterrestres, dit Morgan, toujours hilare dans ma tête. N'importe quoi, vous deux. J'extrais un livre de poche du rayon, Ovnis, la vérité, co-écrit par un journaliste et un ancien militaire. Curieuse, je décide de l'embarquer à la caisse du magasin avec le livre sur les châteaux de la Loire et celui des arts de la table.

En sortant du magasin, je fais quelques pas et m'arrête au pas d'une porte. Je sors le livre sur les Ovnis du sac de la librairie pour le glisser sans mon sac à main. Si Silvio me demande ce que j'ai acheté en voyant le sac au restaurant, je n'aimerais pas qu'il m'imagine lire ce genre de conneries. Je ne sais pas ce qu'il dirait, mais je suis certaine qu'il trouverait ça dérangeant.

Silvio est très croyant. Moi aussi. Et il a les superstitions en horreur. Moi je m'en tape.

CHAPITRE 6

Mon portable vibre sous mon transat. Je lâche à regret ma lecture sur les ovnis à la recherche du téléphone que j'ai planqué bien à l'ombre.

« Salut Émilien, comment vas-tu ? »

Je saute sur mes pieds sur la pierre chaude pour aller les rafraichir sur la première marche de la piscine. Émilien ne m'a pas encore répondu.

« Émilien ? Tu es là ?
- Ouais … écoute, on a un petit … enfin non, on a un problème. Toi, plus exactement, tu as un problème.
- Comment ça ?
- Ben, en soi bon, c'est pas forcément …
- Bon, je m'impatiente. Tu peux cracher le morceau s'il te plaît maintenant ? C'est quoi ? »

Bousculé, Émilien cherche ses mots. Mon coeur commence à battre un peu trop fort.

« Quelqu'un a publié une vidéo anonyme, m'annonce-t-il.
- Un vidéo de quoi ?
- Une vidéo avec des images de toi qui prouvent, entre guillemets bien sûr, que tu es une

imposture avec tes masterclass de bonne manières, que tu as un passé trouble, et pas … pas élégant.
- C'est quoi les images ?
- C'est des photos de toi en soirée quand tu devais travailler pour ta marque d'alcool.
- Kostyck. Oui je vois de quel genre d'images il s'agit.
- Celles où tu ressembles un peu à Amy Winehouse, dans le style quoi.
- Celle où j'apparais le plus bourrée, j'imagine.
- Oui, je pense.
- Quelle connerie …
- Écoute, franchement Gloria, ces photos ne sont pas vraiment compromettantes pour ta personne, en soi ce n'est pas très grave. C'est pour la crédibilité de ta marque que c'est plus emmerdant.
- Je sais, je sais.
- Ça va ? s'inquiète-t-il. Je te trouve très calme.
- Je m'y attendais, en réalité. Je savais que ça finirait par me tomber dessus un jour où l'autre. Ce n'était qu'une question de temps.
- Parce que tu sais qui est derrière ça ?
- Oh oui … » dis-je en soupirant.

Émilien hésite. Un silence s'installe. Je soupçonne un sourire réconfortant dans sa voix.

« Tu sais, si ça peut te consoler, j'aurais adoré, moi, te rencontrer quand tu étais encore comme ça.

- J'étais pas aussi marrante que le font croire les images, crois-moi.
- Tu avais l'air de bien t'éclater, pourtant.
- D'après les photos, seulement. Au fond, je n'allais pas bien du tout. »

*

Je contemple les montagnes qui crèvent le ciel en balançant mes jambes dans la piscine. J'envie ces monstrueux pans de pierres qui seront toujours là dans dix-mille ans, toujours aussi sages, irréprochables, majestueux. Je travaille dur pour leur ressembler, j'essaye. Mais à cette heure-ci, je suis rattrapée par mon passé.

Je le pensais loin, je pensais avoir mis assez de distance. Rien qu'en quittant Paris.

J'ai visionné la vidéo après avoir raccroché avec Émilien. Je me souvenais de ces photos. Je crois qu'on trouve encore quelques-unes d'entre elles sur d'anciens sites d'évènementiels devenus ringards qui n'auraient pas encore fermé.

Elles ont été prises alors que Sandra, mon associée confortablement installée dans les bureaux, me faisait enchaîner les soirées de sponsoring pour Kostyck jusqu'à l'épuisement. Elle remplissait mon planning à ras-bord sans jamais me consulter.

Insidieusement, j'ai glissé dans les excès sans m'en rendre compte. Café toute la journée pour tenir, cigarettes fumées jusqu'aux filtre à cause du stress, et bien sûr alcool le soir. D'où la difficulté de gérer une marque d'alcool en restant sobre. Je n'en avais aucune idée, à l'époque.

Le cancer de ma mère avait été diagnostiqué à cette période, et je n'ai pas eu le temps de le remarquer. Je n'ai rien vu venir. Que ce soit la maladie de maman ou la mauvaise pente sur laquelle j'étais en train de glisser.

Le manque de sommeil permettait à chaque virus qui avait la côte d'investir ma gorge ou mes poumons. Je travaillais malade, en me gavant de boissons énergisantes pour tenir. J'oubliais souvent de manger. Lorsque je m'en rendais compte, je me ruais sur des pizzas, des kebabs ou me rendais fébrile au fast-food le plus proche pour remplir mon estomac de saloperies.

Ce fut ensuite au tour de mon humeur de se dégrader. Irritable comme je l'étais, j'aurais intimidé un dragon. C'était Ruben qui en faisait les frais alors que nous étions déjà fiancés.

Je n'avais qu'une source de satisfaction dans tout cela, un genre de bonheur falsifié : j'avais du succès, lors de ces événements festifs. Les gens semblaient m'adorer, on me demandait souvent d'aller chanter au micro avec le groupe qui jouait, et je le faisais plutôt bien. Succès qui flatterait l'ego de n'importe quelle jeune femme mal dans sa peau. C'était mon talisman. J'étais appréciée, j'avais énormément d'amis dans le fameux monde de la nuit qui ne sont en rien, en rien des amis de jour.

J'ai fini par le payer très cher. En capital santé. En temps passé avec ma mère avant qu'elle ne disparaisse. Et mon mariage avec Ruben.

Peut-être que mes fiançailles avec Ruben avaient cristallisé le début des hostilités invisibles de Sandra à mon égard, je ne le saurais jamais.

Ruben avait été le garçon sur lequel toutes les filles avaient craqué au collège, sauf moi. Je ne lui trouvais rien de particulier à ce moment-là. On avait dû s'adresser la parole deux ou trois fois en troisième et j'avais oublié jusqu'à son nom une fois l'école terminée. C'est lui qui m'a reconnue un jour dans la rue. À cette époque, je venais de terminer mes études. Nous nous sommes revus pour aller dîner, une autre fois au cinéma, et nous avons commencé à sortir ensemble. Sandra se souvenait très bien de Ruben. Peut-être avait-elle un faible pour lui au collège, mais elle ne n'en a jamais rien dit.

Non, Sandra ne l'avait pas oublié. Car après tout, j'aurais peut-être pu me marier avec Ruben, tout compte fait, malgré ma mauvaise humeur constante quoi que passagère, s'il n'avait pas reçu d'un numéro inconnu une photo imprécise laissant croire que j'embrassais un DJ lors d'une soirée pour Kostyck.

Ce qui était totalement faux. Je pense que Ruben le savait au fond de lui. Mais c'était la goutte de trop. Celle qui lui a fait rompre nos fiançailles.

Juste avant la mort inattendue de maman, le contrôle fiscal et la faillite.

Je me redresse dans la piscine. J'ai cru voir une grosse étincelle quelque part dans le paysage. Je chausse mes lunettes de soleil et me lève. Je distingue ce qui ressemble à deux grosses Berlines noires. Elles serpentent lentement en descente, l'une derrière l'autre, sur un chemin privé chaotique qui donne directement accès à la villa des Moran. Leurs carrosseries luisent sous le soleil. Pourquoi les conducteurs ont-ils pris un chemin si pénible qui n'est visiblement pas entretenu ni goudronné, alors qu'ils auraient pu passer plus facilement par l'allée toute droite menant aux portails de chaque maison ? Peut-être que les Moran leur ont mal indiqué l'adresse, que le GPS leur a fait emprunter cette route que personne n'utilise d'habitude.

Les Moran semblent absents, pourtant. Il n'y a pas le moindre mouvement sur leur propriété. De mémoire, ne les ai pas vus depuis un moment. Pas depuis que je les ai croisés devant leur boîte aux lettres.

Est-ce que ces voitures vont arriver à bout de leur chemin ? Cela paraît être le cas, à les voir achever de descendre le dernier serpentin. Elles se trouvent de face, à présent en terrain plat, et s'avancent jusqu'à la maison silencieuse. Elles se garent derrière. J'attends, mais je ne vois personne faire le tour de la maison pour sonner à la porte principale de mes voisins.

Des aboiements hystériques s'élèvent dans la direction opposée. J'entends une vieille dame appeler son chien dans l'allée. J'enfile rapidement la tunique que la brise à trainé sur les dalles et sors par le portail.

L'adorable petit bâtard de la vieille dame du début de l'impasse tourne sur lui-même en hurlant devant le portail des Moran. Sa propriétaire claudique en vain derrière son chien rebelle.

« Attendez Madame Pietri, je m'en occupe. »

J'attrape le chien sans difficulté. Il se tortille un instant, contrarié, avant de changer d'attitude en frétillant de joie.

« Il a dû être attiré par des reflets de carrosserie, il y avait des voitures qui descendait chez les Moran par là-bas.
- Hein ? »

Madame Pietri n'a rien compris au film. Ce n'est pas grave.

« Venez, je vous le porte jusqu'à chez vous pour qu'il ne s'enfuie pas encore une fois.
- C'est gentil, parce que j'ai du mal à marcher depuis quelques temps.
- Pas de problème, c'est avec plaisir. »

Pas de problème non plus pour le chien qui me lèche abondamment le visage pendant que sa maitresse se lance dans l'inventaire oral de tous ses problèmes moteurs.

« ... et les cartilages, vous savez...
- Bien sûr.
- Mais avant, je marchais jusqu'en haut de la montagne avec mes chiens. Pas celui-ci. D'autres chiens, quand j'étais beaucoup plus jeune. Ils sont morts depuis longtemps maintenant.
- J'imagine.
- Parce que j'ai toujours vécu ici. Ma maison appartenait déjà à ma famille quand je suis née. Tout a bien été rénové dans ce hameau parce que du temps de mes parents, toutes ces maisons étaient des fermes. Enfin, aujourd'hui il n'y a plus que ma maison qui soit encore un peu une ferme. »

Je souris dans la fourrure du chien car lorsqu'elle parle, j'ai l'impression que certaines phrases sont pour moi, et d'autres sont pour elle. Elle doit se sentir bien seule.

*

Silvio s'est endormi, profondément, aussi vite que sa tête a touché l'oreiller. J'envie sa quiétude.

Je ne lui ai rien dit du coup de fil d'Émilien et de la fameuse vidéo. Non pas parce que j'en ai honte. Je suis vaguement triste et embarrassée. Il n'en a rien remarqué dans la soirée. Il était tellement fatigué de sa journée au bloc qu'il n'a pu balbutier que deux mots en avalant les spaghettis que je lui ai fait réchauffer, avant de monter s'endormir à la vitesse de la lumière.

Je ne lui en ai pas parlé car nos professions respectives n'ont tellement rien à voir que mon problème aurait l'air parfaitement ridicule. Je ne m'imagine pas pleurnicher pour un problème d'image face à quelqu'un qui répare des gens dans leur chair, quand bien même serait-il mon mari. Il est parfois compliqué de parler à Silvio de détails de mon travail sans me sentir d'une superficialité crasse.

Je redescends sans un bruit au salon avec mon ordinateur. Je n'ai pas sommeil. Je récupère un paquet de M&M's réconfortant et m'installe en tailleur sur le tapis, adossée au canapé.

Avant d'être interrompue par la mauvaise nouvelle du jour, j'avais surligné un lien en annexe du livre acheté hier, vers lequel se trouve, d'après ses auteurs, un documentaire édifiant.

Je trouve la vidéo et la lance à faible volume en croquant les M&M's.

Il s'agit d'une succession de témoins d'objets non identifiés. Ils s'expriment face caméra, parfois à visage couvert, souvent floutés. Ces hommes ont pour point commun d'avoir travaillé dans l'armée ou l'aviation. Ils sont très convaincants, lorsqu'ils relatent les choses inexplicables qu'ils ont vu apparaître dans le ciel, et par moments, plus proches de la terre ferme. Ils n'ont en rien l'apparence d'illuminés.

Cela m'intrigue d'autant plus de la plupart de ces messieurs ont eu de brillantes carrières. Ils auraient tellement à perdre, en crédibilité et en honneur s'ils inventaient toutes ces choses incroyables.

À ce niveau d'engagement, de risque, me vient une question à laquelle je n'avais jamais pensé : comment cela pourrait-il être faux ?

De ce que j'en conçois, les histoires de soucoupes volantes et d'extraterrestres sont un objet de pop culture et rien d'autre que cela. Un concept fantaisiste qui alimente la science-fiction et les imaginations depuis la fin de la Seconde Guerre Mondiale. À aucun moment, ça n'a représenté quelque chose de potentiellement réel.

Je ne regarde pas de science-fiction car ça m'emmerde prodigieusement, et le sujet extraterrestre ne m'a jamais intéressée. Je ne l'avais jamais ne serait-ce que considéré.

Je me souviens encore des leçons de sciences à l'école lorsque venait le sujet de l'espace. Lors de ces cours, la seule hypothèse que nous ne puissions être seuls dans l'immensité de l'univers était sévèrement balayée par le professeur : certainement pas ! Ce sont des sornettes. Nous sommes seuls. Uniques. Et dans l'hypothèse où il existerait d'autres personnes sur d'autres planètes, ce qui n'est pas le cas car on le sait, vu qu'on ne les a pas vus, ils ne seraient pas assez évolués pour arriver jusqu'à nous, car les distances mettraient des millénaires. Donc non.

Je m'en suis toujours tenue à cette affable réponse de l'Éducation Nationale et toute curiosité, si elle eut jamais existé, fut écrasée sans retour en arrière.

Le documentaire se poursuit malgré mes divagations. Un pilote de l'armée de l'air, qui semble contenir son émotion, raconte comment sa hiérarchie lui a demandé de « se la fermer » quand il a évoqué une longue partie de cache-cache avec un étrange objet volant d'une puissance et d'une rapidité défiant la science connue. Il décrit l'objet. Une chose incroyable, pas du tout ce que l'on voit sur les posters pour geeks. Autre chose. Quelque chose de fascinant ...

L'écran de l'ordinateur s'éteint. Les plombs ont sauté et se sont rallumés avant que je ne m'en rende compte.

Parfois, le temps de quelques secondes comme à cet instant, je regrette amèrement d'être allée habiter dans un trou pareil. Heureusement, cela ne dure que le temps cracher deux ou trois grossièretés avant de me calmer.

Je referme l'ordinateur. Ce sera tout pour ce soir, le temps qu'internet redémarre, j'ai le temps de vivre trois autres vies.

*

Je n'ai toujours pas sommeil. Je passe les doigts dans les cheveux de mon mari, les enroule quelques secondes entre ses grandes boucles brunes. Il ne bouge pas d'un cil et respire tout doucement.

Je m'allonge, les yeux ouverts au plafond. Dans le silence s'élève un bourdonnement, très faible, quasiment inaudible. Sans doute ne l'aurais-je pas perçu si je n'y avais pas prêté attention. Un son irritant, semblable à celui du réfrigérateur qui se met parfois à vrombir quelques instants sans raison valable. Maintenant que j'entends ce bruit, je n'entends plus que lui. Pire, à force de l'entendre, il s'amplifie. Je suis mal partie pour m'endormir.

Je tente un exercice de respiration que j'ai appris dans un livre pour me détendre. Ce n'est jamais très efficace mais je ne perds rien à essayer. J'inspire par le nez et compte huit secondes. Je bloque ma respiration puis expire longuement pour recommencer le processus.

Entre temps, le bruit a cessé.

CHAPITRE 7

J'étais encore assez sereine en conduisant vers Toulon une heure plus tôt. Maintenant que je me retrouve derrière le rideau de l'amphithéâtre, j'ai les mains un peu moites. Une pointe d'angoisse oppresse ma gorge.

La directrice de l'école d'esthétique toulonnaise qui a organisé l'évènement avance vers moi dans l'ombre. Je perçois le dessin d'un sourire sur la rondeur de son visage. Elle pose la main sur mon poignet et le presse avec bienveillance.

« Merci de nous avoir accordé de votre temps pour prodiguer vos conseils à ces jeunes filles, chère Gloria. Mes étudiantes attendent beaucoup de vous et sont honorées de votre présence.
- C'est moi qui suis honorée. J'espère que mon exposé leur plaira.
- J'en suis sûre. Allez courage c'est à vous ! »

Elle s'éclipse et je passe de l'autre côté du rideau.

J'attends la fin des applaudissements des quelques cent étudiantes, tentant de faire taire cette voix dans ma tête qui me traite d'imposture à grand renfort de respirations. Puis je me place devant le micro.

« Merci, merci mille fois pour votre accueil chaleureux. »

Après les politesses de base, je me lance en me demandant si j'ai bien fait de mettre en place ce que je vais annoncer. Toutefois, bonne ou mauvaise idée, il est trop tard pour en changer. Tout est prêt.

« Cette conférence sera un peu particulière. En préparant ma venue ici, j'avais prévu de vous parler de toute autre chose, un exposé généraliste sur l'élégance, pour celles qui n'ont jamais entendu parler de mon travail. Jusqu'à ce qu'il m'arrive une expérience désagréable, pas plus tard qu'avant-hier. Et c'est de cela dont je vais vous parler aujourd'hui. »

La directrice lève un sourcil curieux et quelques chuchotements parcourent la salle.

« Il y a deux jours, donc, quelqu'un a monté et publié une vidéo sur internet avec d'anciennes photos de moi où je ne me montre pas sous mon meilleur jour, et c'est le moins qu'on puisse dire. L'objectif de cette publication anonyme était, vous vous en doutez, de salir mon image et me discréditer. Alors cette vidéo, j'ai choisi non

seulement de vous en parler, mais aussi de vous la montrer.
- Bravo ! crie une jeune fille, suivie par quelques encouragements timides.
- Merci... Heureusement pour vos yeux, elle ne dure que deux minutes. Je trouvais cela nécessaire. Je compte tourner prochainement une vidéo sur ce sujet précis, mais je voulais aujourd'hui vous présenter cela en live, pour que vous soyez les premières à savoir ce qu'il ne faut surtout pas faire. »

J'appuie pour déclencher le powerpoint et la vidéo s'affiche sur le grand écran derrière moi. Les photos de soirées défilent, me présentant alcoolisée ou chantant dans un micro, ou clope au bec en mini short avec des cuissardes et des bas résilles. S'en suit la fameuse photo qui aura coûté mon mariage à venir, et celles prises lors des deux malaises dûs à ces goodies qui ont été dissous à mon insu dans mon verre.

La vidéo s'arrête. Les étudiantes n'en ont pas perdu une miette et certaines me considèrent d'un oeil amusé.

« Je pourrais bien sûr passer du temps à vous expliquer que ces photos ont été prises lors de soirées professionnelles dans le contexte de mon ancien travail où je gérais une marque d'alcool, vous jurer qu'on a glissé de la drogue dans mes verres à plusieurs reprises, et que je ne suis pas en train d'embrasser ce monsieur. Parce que la vérité importe peu. Que l'on me croit ou non, je m'en moque, car ce n'est pas le fond du sujet. »

Je pointe l'écran du doigt où mon ancien moi apparaît titubante et hilare, vêtue d'un short en jean déchiré, grandeur nature, bien qu'un peu pixelisée avec les années.

« Cette personne et la personne que vous avez en face de vous sont les mêmes, à une différence près : la personne trash que vous voyez sur l'écran n'avait aucune confiance en elle. Or, la confiance en soi fait toute la différence. Il est important que vous sachiez à quel point tout change lorsque l'on commence à découvrir l'estime de soi. C'est de cela dont je souhaite vous parler aujourd'hui. »

Lancée, je poursuis la conférence en pilote automatique.

*

Cette mastreclass a pompé toute mon énergie. Je m'arrête un peu amorphe sur le parking du Cultura de la Garde. J'y ferais bien un tour pour me dégourdir les jambes avant l'heure de route qui me sépare de la maison. Et j'ai surtout la flemme de reprendre la route tout de suite après toutes ces émotions.

Je m'arrête au rayon presse et empile les magazines auxquels je n'ai pas pensé à me réabonner depuis le déménagement. Je m'empare du dernier Vogue et du Marie-Claire Maison et scrute les rayons à la recherche d'autres choses intéressantes, tant que j'y suis. Je trouve une revue sur le Golf pour Silvio et lève les yeux au rayon Sciences. Peut-être puis-je lui trouver une revue médicale ou autre qu'il ne connait pas. J'ai du mal à y croire. Le même étonnement que dans la librairie niçoise quelques jours plus tôt en tombant sur un coin étonnant où se serrent l'un contre l'autre quelques magazines sur les Ovnis et l'inexpliqué. Qu'est-ce que c'est que ce délire ? On peut vraiment faire des magazines avec ça ? Alien's Lifestyle ? Trous Noirs et Espaces Verts ? J'en embarque trois au hasard et me grouille de passer à la caisse.

*

Je rappelle Kelly qui a essayé de me joindre en marchant vers ma voiture.

« Ah ! souffle-t-elle. J'étais inquiète.
- Laisse-moi deviner, tu as vu la vidéo ?
- C'est Sandra, j'en suis sûre ! Je te parie sur ma vie que c'est cette morue qui t'a fait ça.
- Oui, elle aurait signé sous la vidéo, ça n'aurait rien changé.
- Mais tu tiens le choc ? Ça ne t'a pas trop entamé le moral ? »

Je souris toute seule en pensant aux réactions qu'auraient eues les étudiantes si je leur avais parlé de Kelly. Au plaisir d'imaginer la tête qu'elles feraient si elles savaient qu'aujourd'hui, ma meilleure amie est une strip-teaseuse peroxydée.

Bien que la réalité soit plus subtile que ça. Kelly se définit plutôt comme une performeuse, ce qu'elle est en réalité. Elle maitrise aussi bien le pole dance que la chanson et tous types de danses dans tout types de costumes.

En plus de ses nombreux talents pour le spectacle, Kelly a une classe folle. Lorsqu'elle est venue au mariage auquel elle fut ma témoin et seule amie invitée, le peu de convives présents à notre union ont été très surpris lorsqu'ils lui ont demandé quelle profession elle exerçait. C'est avec le même étonnement qu'elle s'est vue demander de quelle manière nous nous étions connues.

Kelly était régulièrement embauchée pour les évènements de Kostyck. De simple prestataire au début, nous nous sommes prises d'affection avec les années. Kelly a été la seule personne à me mettre en garde contre Sandra.

C'est Kelly qui m'avait juré que Sandra m'avait droguée à mon insu malgré mes prostrations. J'ai longtemps refusé de la croire, mais elle me l'a facilement pardonné.

Elle fut la seule personne de ma vie d'avant à prendre régulièrement de mes nouvelles lorsque j'étais au plus profond de la dépression après avoir tout perdu.

Elle est la seule personne qui m'appelle pour savoir si je vais bien quand elle me pense difficulté. Seulement Kelly.

Je n'ai aucune autre amie.

*

« Oui Émilien, ne quitte pas, je prends un virage difficile et il y a un camion en face.
- D'accord je reste muet. J'imagine que tu es en train de rentrer chez toi du coup.
- Attends … Voilà. Oui, c'est bon, je t'écoute.
- Ça s'est bien passé à Toulon ?
- Impeccable, je suis rincée.
- Tu as des photos ?
- J'en ai oui, je te les enverrai toutes quand je serai à la maison si j'ai une connexion décente, d'ici dix minutes maximum. En revanche, prépare-toi à faire un peu de retouches. Il faudra que tu enlèves le doigt de la directrice qui est un personnage à part entière sur les photos qu'elle a prise.
- Ah … oui je ferai ça.
- Ça va ? T'as l'air bizarre.
- Non.
- Émilien ?
- Quoi ?
- Tu as quelque chose à m'annoncer. Je te connais. Accouche, s'il te plaît.
- Ben … Il y eu pas mal de trolls.

- C'est à dire ? Où ça ?
- Sous une bonne partie de tes vidéos. Des mauvais commentaires. À cause de la vidéo anonyme, c'est sûr.
- Quel genre ?
- Genre, des insultes. Il y en a pas mal. Mais t'inquiète j'ai tout effacé et j'ai bloqué les profils.
- Quelles insultes ?
- Euh...
- Allez fais pas ta pucelle Émilien, balance-moi un best of, que je sache à quoi m'en tenir. »

Je sens à sa voix qu'il est très gêné et je regrette un peu de l'avoir secoué.

« Ben euh ... Grosse pute, sale bourge, balais dans le cul, voilà ce qui ressort le plus. »

Je laisse passer un temps.

« Bon, dis-je simplement.
- C'est tout ce que ça te fait ?
- Ouais. »

Je l'entends rire.

« Quoi ?
- Nonchalante, tu portes bien ton nom. »

*

À nouveau ce bourdonnement de générateur à bas volume. Le son m'accueille alors que je sors de la voiture. Le hameau semble désert cet après-midi, pourtant. Peut-être est-ce un local piscine. En tout cas, il ne s'agit pas du notre.

Une migraine pointe son aiguille dans ma tempe droite, comme une gifle, avant que je ne franchisse la porte d'entrée.

CHAPITRE 8

Morgan finalise les réglages des spots du studio et se glisse derrière la caméra.

« Prête ? Ça tourne ! »

J'affiche le sourire serein que j'ai du mal à reproduire dans la vie de tous les jours mais qui apparaît sans aucun effort dès lors que je suis en représentation. Lorsque je tourne une vidéo, j'ai l'impression d'être un moine dégageant un nuage nucléaire de paix et d'harmonie. Ma voix devient posée, les syllabes bien articulées, comme si on avait huilé ma mâchoire l'instant d'avant.

« Chers amis, vous le savez peut-être déjà, une vidéo fâcheuse de mon passé a été mise en ligne récemment. Vidéo qui sera reproduite ici dans quelques instants dans son entièreté. Le partage de ce montage courageusement anonyme va me permette d'y apporter une réponse, mais surtout, de faire quelque chose que je n'avais curieusement encore jamais fait. Car oui, en effet, je me demande bien pourquoi je n'ai jamais songé à vous raconter comment Nonchalante est née. »

*

Morgan m'a accordé quelques instants, le temps de me remaquiller dans le dressing et souffler un peu. J'ai arrêté mon récit au moment où j'ai commencé à me reconstruire, durant ce job dans la station-service d'un copain de mon père. Raconter la plus mauvaise période de mon histoire à voix haute d'un trait est un exercice auquel je ne m'étais jamais prêtée. Je n'en donne que les grandes lignes, je ne veux pas entrer dans les détails profonds avec des milliers d'inconnus non plus. Je suis un peu coincée tout de suite, entre soulagement et mélancolie.

Je relâche mes épaules et retourne dans le studio. J'annonce à Morgan qu'on peut reprendre. Lui non plus ne connaissait pas toute mon histoire.

« Nonchalante n'aurait jamais vu le jour sans ma mère, et il y a quelque chose d'amer dans le fait qu'elle n'aura jamais pu voir la naissance de ce projet que je lui dois. »

Je pense aux photos de maman que j'ai confiées à Morgan et qui devront apparaître à ce moment de la vidéo.

« Ma mère s'appelait Norma. Ses parents étaient des immigrés italiens qui lui avaient donné une éducation stricte. Elle s'est mariée jeune avec mon père et travaillait en tant que secrétaire dans une fabrique de tissus. Elle faisait du bénévolat pour sa paroisse lors de son temps libre. Ma mère était surtout fan d'étiquette, d'élégance et de Jackie

Kennedy. Elle confectionnait ses propres vêtements et était toujours tirée à quatre épingles. Vous avez vu les photos de mon passé, je ne vous fais pas de dessin : la fille unique évoluait à l'exact opposé de ce que sa mère recommandait. Inlassablement, ma mère me reprenait sur tout : ma posture, ma coiffure, mes tenues, et même mon entreprise de l'époque qui ne lui plaisait pas. Bien évidemment, je ne l'écoutais pas. Jamais. Je me fichais royalement des discours de réprimandes qu'elle me tenait. »

Si seulement tu me voyais aujourd'hui, maman …

« Lorsque j'ai accepté ce poste dans une station-service histoire de rester active et remonter la pente le temps d'y voir plus clair dans mon avenir, je suis tombée sur un livre sur les bonnes manières ayant appartenu à ma mère disparue. C'est ce livre qui a tout déclenché. Dès lors, durant mon temps libre, je faisais un peu de gymnastique, je cuisinais pour mon père et moi, l'accompagnais dans de grandes promenades dans la nature. Et surtout, je me suis mise à me documenter sur l'élégance sous toutes ses formes. Je commandais des piles de livres sur le sujet à la librairie du village. Ces lectures étaient la seule chose qui me donnaient l'impression d'entendre sa mère me parler encore. »

Morgan m'interroge des yeux, me fait un signe silencieux pour savoir si ça va. Je ne m'étais pas rendue compte que j'avais cessé de parler un moment. Je pensais à maman, à quel point elle me manque. Je fais signe que tout va bien, rajuste mon col et reprends :

« L'aventure Nonchalante a précisément commencé le jour où ma collègue de station-service m'a surprise en train lire un énième livre pendant une pause. Elle m'a demandé pourquoi j'avais besoin de lire ça car, selon ses mots à elle, pas les miens et encore moins dans mes pensées, j'avais déjà la méga-classe. J'ai éclaté de rire, mais elle était très sérieuse. Si sérieuse qu'elle a insisté pour que je lui donne des conseils pour être mieux acceptée dans la famille de son nouveau petit-ami. Cette sollicitation m'a surprise. J'ai improvisé quelques recommandations qui me semblaient de pur bon sens. Le lundi suivant, j'ai retrouvé ma collègue pleine d'enthousiasme. Elle m'a raconté le succès qu'elle a eu grâce à aux conseils donnés et m'a remerciée. Peu de temps après, elle m'a présenté une de ses copines, une jeune femme très timide en demande de conseils pour que sa patronne la prenne plus au sérieux. Suite aux résultats obtenus par son amie, ma collègue déclaré que je pourrais faire mon métier des conseils de ce type. J'ai simplement répondu « oui mais comment » ? Peu importe, l'idée était lancée. Dans les semaines qui ont suivi, j'ai rénové une vieille pièce inutilisée de la maison de mon père. C'est devenu mon tout premier studio de tournage.

Je me suis procuré une caméra et un micro d'occasion. Et sur mon temps libre, durant des mois, j'ai enregistré les premières vidéos et mis au point les premiers modules. La suite, vous la connaissez. »

Je résiste à l'envie de pousser un gros soupir tant tout cela était long et lourd à mettre en place.

« Enfin, je dois remercier la vidéaste anonyme pour sa publication, sans quoi je n'aurais sans doute jamais songé à partager cette histoire avec vous. »

Rideau. Je suis épuisée.

*

« C'était très différent de d'habitude, cette vidéo. C'est sympa, dit Morgan.
- Pourquoi d'habitude c'est de la merde ? »

Il rit en enfonçant sa caméra dans sa sacoche.

« Oui, voilà, c'est ça.
- Merci.
- Ça va je déconne. Non mais ça change, j'aime bien. Tiens t'as pas un stylo feutre ? Ou un marqueur ?
- Regarde, là, dans le troisième tiroir de mon bureau. »

Morgan ouvre le tiroir et en examine le contenu sans rien toucher. Il demeure immobile un moment. Je baille et m'étire.

« Ben alors ? Tu trouves pas ? »

Pour toute réponse, Morgan sort les magazines sur les ovnis et les brandit avec un regard incrédule.

« Ah ça ? ... Bon ça va, on dirait que tu viens de tomber sur des revues pornos. »

En réalité j'en aurais tout aussi honte. Etre prise en flagrant délit de ce genre de possessions démoniaques devant qui que soit ne me rend pas fière.

« Ah non mais je ne me moque pas de toi, Gloria. Je suis juste surpris.
- Et là tu vas repartir et ne plus jamais revenir ?
- Non je te jure. Je suis un peu renseigné sur le sujet en plus, c'est passionnant.
- Vraiment ?
- En réalité, c'était surtout mon grand-père que ça intéressait. Il disait qu'il avait vu plusieurs fois des choses dans le ciel, dans l'arrière-pays niçois. Il en parlait souvent.
- Marrant, dis-je, perplexe.
- Du coup, je l'accompagnais à des réunions ufologiques de temps en temps, quand il avait du mal à conduire.
- Des réunions quoi ?
- Des rassemblements pour parler des tous ces phénomènes-là.

- Mais qui va à ces trucs-là ?
- Bah … des gens.
- Ah bon…
- Tu veux aller en voir une ? Il y en a souvent dans la région. Je peux t'accompagner si t'es timide.
- Non merci c'est gentil.
- Ça va ? Tu fais une drôle de tête.
- Oui oui non c'est juste un sujet de conversation que je n'avais jamais eu avant. »

J'ignorais complètement que ce type d'évènements pouvait exister. Je reconnais qu'il en faut pour tous les goûts et les couleurs dans cette société, mais cela fait un peu beaucoup d'informations nouvelles à assimiler depuis quelques jours. Entre ça et le documentaire dont j'ai eu l'occasion de voir une partie l'autre nuit avant que les plombs ne sautent et que je ne passe à autre chose.

Morgan poursuit joyeusement en enfilant son sac à dos :

« Je te conseille un documentaire réalisé par des gens plutôt sérieux qu'on trouve sur internet. Je t'enverrai le lien par mail quand je l'aurais retrouvé. Tu verras, ça chamboule pas mal la vision qu'on a du monde si on y prête attention. »

*

Le chien de Madame Pietri se glisse in extremis dans mon jardin avant que le portail ne se referme derrière Morgan.

« Qu'est-ce que tu fais là, petit voyou ? »

Il m'ignore et se dirige tranquillement vers les plants de lavande au-dessus desquels il lève la patte arrière.

« Oh non c'est dégoutant ça ! Ça va sentir bon maintenant ! »

Il me regarde d'un air désolé, comme si c'était le seul endroit de la planète sur lequel il pouvait se soulager. J'attends qu'il ait terminé son affaire pour le soulever du sol.

« Allez viens bonhomme, on te ramène à ta maîtresse. »

Et comme la dernière fois, il macule mon visage de bave.

Je croise la voiture de Bertrand Pons qui rentre chez lui. Il baisse sa vitre, le visage fendu d'un immense sourire qui fait contraste avec l'intense froideur de son épouse envers moi ces derniers temps.

« Hello voisine ! C'est le chien de Madame Pietri, ça !
- Bonjour Bertrand, oui, il s'est encore échappé.
- Échappé, c'est relatif. Elle ne fait pas attention, elle laisse sa clôture ouverte une fois sur deux, et le petit en profite pour venir chercher des noises à notre chien.

- Ah bon ? C'est courageux. Le votre fait deux fois sa taille. Je le lui ramène de toute façon.
- Dans ce cas, pensez à refermer son portail derrière vous, sinon elle va oublier. Elle déraille un peu de temps en temps.
- Elle n'en a pas l'air, elle semble plutôt en forme.
- Oui, elle est encore vaillante. C'est la tête parfois. Elle est veuve depuis pas mal d'années maintenant. Vous savez, à force de vivre seule, et avec l'âge.
- Elle n'a pas de famille ?
- Si, mais ils ne vivent pas dans la région, elle a très peu de visites.
- C'est triste. »

Je lève le nez vers le ciel. Le chien m'imite et pointe son museau vers un immense nuage noir qui surgit de derrière les montagnes.

« Ça sent l'orage, remarque Bertrand.
- Oui, je ferais mieux de me dépêcher. À bientôt Bertrand, saluez France pour moi. »

*

Le ciel est toujours noir et menaçant lorsque je ferme les volets sur le jardin plongé dans l'obscurité. Une lampe à détecteur de mouvements s'allume derrière la maison. La lumière du spot révèle un parterre de plantes sauvages que quelque chose vient d'écraser par endroits. Qu'est-ce que … pourquoi ?

Je déverrouille la porte d'entrée, sors et contourne la maison. Le spot s'est déjà éteint au-dessus du massif. Je ne vois rien d'autre qu'un parterre noir sans aucun contour. La lumière se rallume à mon passage, présentant des feuilles aplaties et des brindilles cassées. Ce ne peut pas être le chien de Madame Pietri, quand bien même serait-il passionné par le saccage de jardins, il est trop petit pour opérer de tels dégâts.

Trois grosses gouttes froides s'écrasent sur mon font, pleines, lourdes et charnues, promettant un déluge sévère dans les instants à venir. Le spot s'éteint à nouveau, j'envoie un stupide coup de pied dans le vide pour raviver sa lumière crue. Cette fois, il y a des empruntes, dans la terre. Juste à côté des plates écrasées. Je ne les avais pas remarquées la première fois. Je suis certaine qu'elles n'y étaient pas il y a quelques secondes. Et ce ne sont pas les traces de pattes d'un chien. Cela n'a pas non plus la forme de semelles. C'est bizarre, il y en a plusieurs, larges, provenant d'un animal dont j'ignore la nature. Les sillons sont longs et fins, noueux aux jointures, écartés comme des pattes de dinde, ou je ne sais quoi. À vrai dire, je ne sais pas à quoi ressemble une emprunte de dinde. Je peux toutefois exclure l'hypothèse d'un sanglier. Et elles sont toutes fraiches, elles …

Le spot s'éteint.

Quelque chose est apparu durant la fraction de seconde avant que cesse la lumière artificielle.

Une silhouette furtive.

Une chose étrange. Luisante et haute. Épouvantablement haute.

Qui glisse et s'échappe à pas de géant dans un bruissement de feuillages assourdissant.

Un cri s'échappe de ma gorge en décalé. Je me propulse vers la maison avant que cette chose ne revienne vers moi sous un énorme éclair.

Hirsute, je claque la porte et tourne tous les verrous. Je me jette sur les portes et les fenêtres pour tout claquemurer. Ma respiration terrifiée fait plus de bruit que le boucan des fermetures frénétiques des volets.

Putain c'était quoi ça ??? Un sanglot hystérique remue dans ma gorge sèche. Je ne sais pas quoi faire. Je me demande si je dois appeler les secours. Mais je les appelle pour QUOI ? Non. Non. C'est une bête de la montagne. Ce devait être ça. Ce n'était rien d'autre.

J'essaye de me calmer en faisant à nouveau le tour de la maison. Une pluie torrentielle s'abat sur la toiture, gicle en fracas sur les gouttières.

Tout est fermé. Tout va bien.

Gloria, Gloria ... Tout ... va ... bien.

J'allume toutes les lumières du salon. Seigneur, s'il te plaît laisse-moi l'électricité. Pitié, juste ce soir. Tu la couperas demain si tu veux mais pas ce soir, je t'en supplie. Pas ce soir.

Je téléphone à Silvio qui est en déplacement. Répondeur. Il doit dormir à cette heure-ci.

Dehors, les chiens hurlent à la mort par-dessus la pluie. Ils hurlent comme une meute de cent loups. Autant de chiens, vraiment ? Y a-t-il seulement autant de chiens dans le voisinage ?

*

Réfugiée dans le lit, je n'arrive pas à fermer les yeux. J'ai trop peur. Le tonnerre souffle avec fureur sur les maisons. Et sur les choses immenses qui doivent rôder dans les jardins. Un frisson électrise mon corps entier. Alors je ferme fort les yeux.

Quand je marche dans la vallée de l'ombre de la mort.

Il y a parmi les éclairs des rugissements de bêtes qui ne devraient pas exister.

Je ne crains aucun mal.

Par-delà les détonations, un enfer de bruit. La sensation d'être à côté d'un avion qui décolle.

Car tu es avec moi.

De nouveau rugissements au milieu du tonnerre. Et ces choses dehors qui bruissent dans les feuillages. Les murs qui vibrent.

Ta houlette et ton bâton me rassurent.

CHAPITRE 9

Les lignes du vignoble ondulent à perte de vue à la manière d'une illusion d'optique. Une falaise rouge tombe derrière en une cascade aride. Un vague sentiment d'irréalité m'embrume l'esprit.

Je n'ai réussi à m'endormir qu'à cinq heures du matin, une fois l'orage calmé. Le babillage incessant de la viticultrice qui me fait goûter son rosé me ramène à l'instant présent, là où quelques secondes, je me trouvais encore dans l'orage d'hier. Je hoche aimablement la tête, prends l'air d'en avoir quelque chose à foutre.

Dire que l'une des premières leçons que j'enseigne est de prendre grand soin de son sommeil, je peine à garder les yeux ouverts, étouffe ce bâillement qui me harcèle depuis plus d'une heure. Je rêve de fermer les paupières, après avoir zigzagué quarante minutes dans la campagne varoise avec trois heures de sommeil au compteur. Tout cela pour aller goûter un rosé au gout de piquette en fin de matinée, sous le torrent de paroles de l'exploitante qui ne semble jamais reprendre sa respiration.

Mais ta gueule …

Je n'ai, il faut en convenir, rien de très élégant aujourd'hui.

*

Je suis un peu plus réveillée sur le trajet du retour. Tant pis pour cette après-midi, il faut absolument que j'arrive à dormir au moins trois bonnes heures. Silvio va passer directement de l'aéroport où il va atterrir au congrès de chirurgie de Nice auquel je dois le rejoindre pour la soirée. Il faut que je sois en forme, d'autant que mon mari doit prendre le micro pour prononcer un discours lors du dîner.

Le téléphone sonne. Pas maintenant, pitié… C'est Jean-Gérard Grosjean. Il est au courant du rendez-vous de ce matin et veut savoir comment ça s'est passé. Si j'ai trouvé la perle rare. Je pèse le pour et le contre. Si je ne décroche pas maintenant je devrais de toute façon le rappeler dans la journée, et je n'en ai vraiment aucune envie aujourd'hui. J'appuie pour décrocher.

« C'était de la piquette, donc à moins que tu veuilles lancer Kostyck dans le cubi radioactif, ça n'ira pas. Et pour info, je déteste de rosé.
- Bonjour Gloria. Ça fait plaisir de t'appeler. Tu es grande forme dis-moi.
- Excuse-moi, Jean-Gé …
- Qu'est-ce qui ne va pas ? Tu es remontée à bloc.

- Pardonne-moi, je ne voulais pas te parler sur ce ton. Tu m'en veux ?
- Moi ? Non, jamais. Tu me connais.
- C'est vrai... »

Ma première rencontre avec Jean-Gérard résonne dans ma mémoire. Lors d'une soirée de sponsoring pour Kostyck, j'avais vu s'approcher vers moi cet homme qui est l'antithèse du glamour par excellence, court sur pattes et en surpoids, une mèche de cheveux rabattue ostensiblement pour recouvrir son crâne chauve. Malgré cela, il m'a abordée sans timidité aucune, déclarant qu'il savait qui j'étais, et qu'il avait une proposition à me faire, qu'il voulait racheter ma marque pour agrandir son business. Je lui avais explosé de rire à deux doigts du visage, saoule, lui lâchant qu'il pouvait toujours courir, que Kostyck ne serait jamais à vendre. Pour quelques temps après m'incliner devant lui et devoir l'implorer. Mais Jean-Gérard est une belle âme, il ne m'en avait jamais voulu, il n'a pas joué les sadiques à exiger de me voir me rouler par terre, n'a pas profité de ma faiblesse, là où beaucoup n'auraient eu que peu de scrupules. En revanche, il est dur en affaires.

« Je te demande pardon, encore une fois. Je suis désolée. J'ai vraiment passé une mauvaise nuit.

- T'inquiète pas, va. Tu dois certainement en faire trop. Essaye de prendre le reste de la journée pour te reposer, si tu peux.
- C'est prévu. »

*

Je déambule seule dans ma robe de cocktail pour échapper aux mondanités. Je n'aime pas tellement parler, et j'en ai encore moins envie ce soir. Fort heureusement, en dehors de quelques confrères de Silvio, je ne connais personne. J'ai retrouvé Silvio qui parle pour deux, de toute façon, sa valise déposée au vestiaire. Il s'est changé dans les toilettes. D'autant que je n'ai rien de particulier à dire sur la neurochirurgie à part que je suis pour et que c'est très bien.

Mon humeur s'est améliorée malgré tout, après avoir réussi deux heures trente de sieste tel un exploit. Je ne sais pas trop quoi faire de moi, dans le passage. Je me glisse devant une fenêtre pour recevoir un peu d'air frais. Je lève les yeux vers la lune. Ce soir, elle est particulièrement belle, bien que la pollution lumineuse m'empêche de la voir aussi nette qu'à la maison.

« J'y crois, moi aussi », déclare une voix masculine près de mon oreille.

Je n'avais pas vu ce type se glisser face à la fenêtre à côté de moi. Un homme très élégant d'une soixantaine d'années, si grand que je dois lever la tête pour voir son visage, remarquant au passage la légion d'honneur accrochée à son costume parfaitement taillé. Ses yeux sont d'un bleu puissant, presque hypnotique. Je ne comprends rien à son manège, ni à la phrase sans contexte qu'il vient de prononcer. Il a dû me prendre pour quelqu'un d'autre avant de me voir de face, quelqu'un qui me ressemble.

Pourtant, il ne montre aucun signe de confusion, maintenant que je plante mes yeux noirs dans les siens.

Il lève les yeux pour fixer la lune, comme s'il avait décidé de m'ignorer. Bizarrement, je ne peux m'empêcher de l'imiter. Nous devons avoir l'air étrange, côté à côte, le visage levé vers le ciel sans rien dire, si on nous regardait.

« Les extraterrestres existent. »

Il a parlé sans emphase. Dans un constat calme. Clinique. Je suis si stupéfaite que je n'ai aucune réaction. Il pointe son index vers la lune.

« Mais vous regardez au mauvais endroit, Madame. Il faut lever les yeux vers les roches. »

Mais qu'est-ce qu'il raconte ?

J'aimerais bien répondre, mais reste abasourdie, tandis qu'un groupe de convives s'approche bruyamment de ce coin tranquille, cigarettes à la main ou à la bouche qu'ils s'impatientent d'allumer devant les fenêtres. Il y a soudain trop de bruit.

L'inconnu me fait face à nouveau, solennel, comme s'il s'exprimait lors d'une curieuse cérémonie.

« Ils sont là depuis très longtemps. Vous n'avez pas idée de la vérité. Ça bouleverserait le monde entier, de le savoir. Il ne vaut mieux pas qu'il sache. »

Je ne sais pas ce …

« Ah t'es là ! s'exclame Silvio en m'attrapant le bras. C'est bon, j'ai retrouvé ma femme ! adresse-il à un couple qui s'avance derrière lui. Tiens, je voulais te présenter Maryse, qui est journaliste, c'est la femme de mon ami qui … »

J'entends vaguement ce que mon époux m'explique en serrant des mains, fébrile et perdue.

L'inconnu a disparu.

*

Je compte les rares étoiles que permet de contempler l'autoroute A8 dans le van qui nous ramène à la maison. Là-bas, c'est pareil que pour la lune, on les voit mieux. En quantité monstrueuse. Je réalise à quel point est vertigineuse l'idée de tous ces soleils à l'infini autour desquels gravitent tant de planètes.

Ça bouleverserait le monde entier, de le savoir. Il ne vaut mieux pas qu'il sache.

Toute la soirée, j'ai fouillé les salles des yeux à la recherche de l'inconnu. Je ne l'ai jamais revu. Ses paroles me tournent dans la tête, obsédantes, comme un manège.

Je sens la main de Silvio s'emparer de la mienne. Il m'observe, légèrement inquiet.

« Ça va ma chérie ? Tu fais une tête bizarre.
- Pardon ? Ah oui oui ça va très bien. J'étais dans mes pensées. »

Mon mari est pragmatique. Ce genre de réponse lui suffit. J'ai besoin de lui poser cette question, que je tente de rendre ingénue, sans rien laisser transparaître de mon trouble :

« Silvio ?
- Oui ?
- Est-ce que tu penses qu'il pourrait avoir de la vie ailleurs que sur terre ? »

Je sens sa main se raidir dans la mienne. Un léger spasme.

« Non, dit-il. C'est des conneries pour les mystiques de seconde zone. »

*

Incapable de dormir après ce qu'il s'est passé ce soir, et malgré l'insomnie d'hier, je laisse mon mari reposer dans la pénombre, quittant la chambre sur la pointe des pieds en refermant doucement la porte derrière moi. Je récupère mon ordinateur dans le bureau et descends au salon où j'allume une grosse lampe sur la jetée d'un canapé.

J'ouvre le mail de Morgan et clique sur lien vers le documentaire dont il me parlait hier. La vidéo dure deux heures. Demain nous serons samedi, va pour une seconde nuit blanche.

La voix off commence à parler en anglais sur des plans de la voie lactée. Morgan m'avait prévenue dans le mail que ce documentaire américain n'était pas sous-titré, avant de se souvenir que je parle couramment l'anglais.

Ils ont toujours été là, annonce la voix dès les premières secondes.

La même phrase que celle entendue ce soir dans une autre langue. Mais mot pour mot malgré la traduction. Un frisson transperce ma colonne vertébrale.

Sont présentés ensuite les intervenants, réunis sous la bannière du paranormal, un historien, un physicien, un astrophysicien, un pilote d'avion de chasse. Comme pour la vidéo entamée il y a quelques jours, la plupart d'entre eux sont à la retraite.

Fasciné, je bois leurs différents témoignages et théories. Théories sonnant parfois telles des affirmations, rendant certains constats glaçants. « Ils » passent par des portail temporels ou dimensionnels, pas forcément par l'espace de la façon dont on l'imagine. J'ai la gorge sèche. Ils sont déjà parmi nous. Je ne ne bouge pas d'un iota. Depuis si longtemps qu'il nous est impossible de le concevoir.

Je reste un long moment figée devant l'écran, bien après la fin de la vidéo. Bien après la mise en veille de mon écran. Je mets du temps à sortir de ma torpeur. Puis je referme mon ordinateur et effectue un signe de Croix.

Je me lève courbaturée pour tenter d'aller dormir.

Tout cela est trop compliqué pour être réel. Ces explications et témoignages …Cela remet en cause bien trop de choses. Mieux vaut éviter d'y penser. Nous n'aurons jamais de preuves.

Serais-je en train de m'auto-persuader que rien de tout cela n'est possible pour ne pas trop bousculer mon logiciel ? Parce que ça y ressemble.

Mais après tout, si l'Éducation Nationale dit que ça n'existe pas, ça n'existe pas.

CHAPITRE 10

J'accélère. Pour une fois, je roule un peu plus vite que d'habitude. J'ai hâte de rentrer chez moi après la liste infinie de mes rendez-vous en ville aujourd'hui.

Si cette semaine a été un marathon, ce vendredi aura été le plus chargé, comme si j'avais gardé le plus dur pour la fin. Pourtant la journée d'hier ne m'a pas épargnée non plus, entre le tournage de cinq vidéos d'affilée en anglais et la préparation de mes deux prochaines masterclass à Cannes et à Genève. Je n'ai pas eu le temps de penser.

Émilien m'a félicitée pour la vidéo sur la genèse de Nonchalante qui a explosé nos records de vues. Il faut croire que quelques fois, remuer la merde a du bon.

*

Un colis à moitié défoncé git sur la poussière devant la clôture de Madame Pietri. Je coupe le moteur pour le récupérer et sonne à son interphone déglingué.

La vieille dame se matérialise derrière son portail quelques instants plus tard et vient vers moi. Je lui présente son carton qu'elle saisit, joyeuse comme une enfant.

« Oh merci Mademoiselle ! Ce sont mes semelles orthopédiques.
- Ah bon ? Et on vous les envoie comme ça ? En balançant le carton sur la voie ?
- Oh vous savez, dit-elle en riant, les gens ne sont pas toujours très soigneux. »

Ce sont surtout de sacrés connards.

« Mais d'ailleurs, vous n'avez jamais vu ma maison ?
- Pardon ? Euh … ah non, jamais.
- Venez, je vais vous faire visiter ! »

Je suis crevée, ça sent le traquenard, mais personne n'a le cœur de refuser un moment de joie pareil à une vieille dame. Enfin si sans doute en fait, mais pas moi.

Madame Pietri passe par sa porte restée ouverte et me précède dans sa maison qui est plus ou moins restée en l'état d'origine avec quelques bricolages « modernes » déjà obsolètes par-ci par-là. Tout cela tient la route, mais on ne peut pas parler de réelles rénovations, surtout pour une personne de cet âge vivant seule. Ça me fait de la peine.

« Est-ce qu'on vient vous voir chez vous de temps en temps ?

- Bien sûr ! Mes enfants viennent parfois de la ville avec mes petits-enfants, mais ils habitent loin, tous. »

Je désigne une photo encadrée en noir et blanc de ce je que je qualifierais d'un « putain de beau gosse », nonchalamment adossé à un mur de pierre, fumant une cigarette avec deux chiens de chasse à ses pieds. Il ressemble un peu à Silvio mais Silvio n'a pas du tout cette attitude d'insolence qui transfigure sur la photo.

« C'est votre mari, Madame Pietri ?
- Oui, mon mari adoré.
- Un vrai canon, ne puis-je m'empêcher.
- Oh, si vous saviez comme il était beau ! Un peu têtu, mais il était tellement gentil. Cela fait quarante-deux ans qu'il est parti. Il m'a manqué presque toute ma vie.
- Qu'est-ce qui lui est arrivé ? Pardon, me reprends-je. Je suis impolie, je comprendrais tout à fait si vous ne vouliez pas en parler.
- Non, non, j'aime tellement pouvoir parler de lui. »

Elle soupire et fait grincer une chaise sur laquelle elle s'assoit. Elle me récite sa tragédie comme un texte appris par cœur, absente, dématérialisée par tant d'années de chagrin.

« Il a disparu en 1973. Il était parti à la chasse au sanglier, sur les hauteurs de la maison des Américains. On l'a cherché partout. Il y a eu de nombreuses battues. On ne l'a jamais retrouvé. La

seule chose que l'on ait retrouvé a été l'une de ses chaussures.
- C'est terrible. Je suis désolée, Madame Pietri. »

Ma vieille voisine garde les yeux dans le vide, droit devant elle. Je m'en veux, je n'aurais pas dû évoquer son mari, c'est de ma faute, si elle se trouve dans cet état bizarre. C'est comme si elle se trouvait dans un deuxième monde. J'essaye de changer de sujet pour la sortir de sa torpeur mélancolique :

« D'ailleurs, à propos des Moran de la maison du fond, vous savez depuis combien de temps ils sont emménagé ?
- Qui ça ? Je ne les connais pas, dit-elle sans ciller, du même air absent.
- Mais si, les Américains, vous voyez ? »

Sachant qu'en fait, personne ne sait vraiment s'ils sont américains.

« Les Pons affirment qu'ils ont acheté la maison il y a un an, mais mon mari est certain qu'ils étaient déjà là il y a quatre ans quand il a acheté notre maison.
- Ah oui, eux, dit-elle simplement.
- Oui. Les Moran.
- Ils ont toujours été là. »

Je pouffe à sa réponse, nerveusement, car elle a toujours l'air ailleurs.

« Mais non, je vous parle des voisins du fond. Vous m'en parliez tout à l'heure, de la maison des Américains.

- Oui. Ils ont toujours été là. Bien avant que ma famille ait construit cette maison. Ils étaient déjà là. »

Je reste muette un instant. Je n'insiste pas. Je repense aux quelques mots échangés avec Bertrand Pons la semaine passée. Elle déraille un peu de temps en temps. Je suis mal à l'aise. Je n'ai aucune idée de ce que l'on doit dire ou non à une personne âgée qui sort une ineptie, s'il faut la contredire ou la laisser tranquille car elle aura oublié cette conversation d'ici une heure. Il est temps que je file.

« Je suis désolée, mais je dois y aller, Madame Pietri. J'ai été très heureuse que vous me fassiez visiter votre maison. D'ailleurs, je ne vous l'ai pas dit, mais votre buffet à vaisselle, là … Il est magnifique.
- Oui il est très beau. Il était à mes beaux-parents. Je l'ai restauré avec l'aide de mon petit-fils qui fait des études d'histoire de l'art. »

Soudain, Madame Pietri paraît parfaitement normale.

*

Je resserre les pans de ma veste sur mes épaules. Il fait un peu frais pour dîner à l'extérieur à la fin septembre, même dans le sud. Je n'en veux pas à Silvio d'avoir choisi de dîner sur la terrasse du restaurant, à voir la façade du château illuminée de spots dorés, les photophores sur les tables à nappes blanches et le soleil rose qui se couche sur la vigne. Bientôt, dîner dans ces conditions sera exclu jusqu'au prochain printemps.

Je suis heureuse que Silvio nous ait pour une fois réservé une table à moins d'un quart d'heure de la maison. Je n'avais plus l'énergie pour retourner en ville après une semaine de frénésie, mais je n'en aurais rien dit s'il l'avait fait. Jamais je ne me permets de dire à Silvio que je suis fatiguée. Chaque jour, il a des vies humaines entre les mains. Ce qui ne sera jamais mon cas. En tout cas je ne souhaite à personne de confier sa vie entre mes mains.

« Comment va mon beau-père ? demande Silvio. Tu l'as eu au téléphone ?
- Oui rapidement tout à l'heure. Il t'embrasse.
- Il ne s'ennuie pas ?
- Je crois qu'il n'a pas le temps. Il s'occupe, il bricole. Il m'a dit que mon cousin arrivait chez lui ce soir pour passer le week-end avec sa femme et ses enfants.
- Mais tu lui manques.
- Ça c'est sûr, dis-je à regret en reposant mon verre Chablis. D'ailleurs à ce propos, il aimerait qu'on vienne passer Noël chez lui dans le Loiret, tu penses que tu pourrais ? Si tu ne peux pas te libérer, tant pis, j'irais toute seule en voiture.

- Non, non, je ne passe pas Noël sans ma femme, je viens !
- Dans ce cas, il faut trinquer ! »

Le téléphone de Silvio vibre alors que nous faisons tinter nos verres. Je prie pour qu'il ne s'agisse pas de mauvaises nouvelles d'un patient. C'est très rare mais, mais ça met toujours Silvio dans un état catastrophique, même s'il n'y est pour rien. Il décroche et écoute. Il fronce les sourcils. Ce n'est pas bon. Il a l'air très surpris. C'est déjà plus inhabituel.

« C'est arrivé comment ? demande-t-il. Vraiment ? D'accord. Oui, je te laisse. Oui, à bientôt. »

Il repose son téléphone. Je ne pense pas qu'il s'agisse d'un patient à l'hôpital, sinon, il serait déjà debout et aurait demandé l'addition. Non ce doit être un décès. Mais pas de la famille, car il serait bouleversé. Or en cet instant, mon mari est juste stupéfait. J'avance ma main pour la poser sur la sienne.

« Qu'est-ce qu'il y a ?
- C'est un type que je connaissais, Hubert Cardinet. Un grand professeur de médecine. On vient de m'apprendre qu'il est mort brutalement hier.
- Je suis désolée, Silvio ... C'est arrivé comment ?

- Je ne sais pas, j'ai pas trop compris, il y a un flou, l'histoire n'est pas nette. On dirait qu'il s'est suicidé, mais on n'en est pas certain.
- Tu veux dire qu'on l'aurait assassiné ?

- Ça y ressemble, on ne sait pas. Le pire, c'est qu'il était au séminaire l'autre jour, mais il y avait tellement de monde que je ne l'ai pas croisé. Si seulement j'avais pu lui serrer la main, même sans savoir que c'était la dernière fois… »

Il tapote quelque chose sur son écran et me montre une photo provenant d'internet.

« C'est lui, regarde. »

J'examine le portrait. C'est curieux, mais bien que je ne sois pas physionomiste, ce visage franc me dit quelque chose. Les yeux, peut-être ? Le maintien ? Ou … ou la Légion d'Honneur …

« Mon Dieu, Silvio …
- Qu'est-ce qu'il y a ?
- Cet homme … Je le reconnais. Il était au séminaire.
- Tu l'avais vu ? Mais tu ne le connais pas …
- Il m'a … il m'a parlé, là-bas.
- Hubert Cardinet ?
- Oui, oui c'est lui. Je le reconnais. »

Silvio va de surprise en surprise.

« Il t'a parlé ? Mais … comment ça ? Qu'est-ce qu'il t'a dit ?

- Silvio ... Je te jure, c'est tellement bizarre. Il m'a dit une chose très étrange.
- Mais quoi ?
- Il m'a dit que ... il m'a dit que les extraterrestres existent.
- Quoi !? »

Je n'avais jamais vu mon mari aussi abasourdi. Il me fixe quelques secondes et éclate d'un rire à demi franc, à demi nerveux.

« Impossible ah ah ! Tu confonds avec quelqu'un d'autre. Ce n'était pas lui. Hubert Cardinet ... Ah ! Ah ! Ah ! Fait-il en s'essuyant une larme dont j'ignore la nature. Il n'aurait jamais dit de conneries pareilles ! Ah ! Ah ! »

CHAPITRE 11

Un bol en céramique vert pâle m'échappe des mains. Il roule avec lourdeur sur la table de la salle à manger, se glisse entre les éléments de décor du shooting et termine sa course sans dommages sur la pile d'assiettes assorties. Je craignais que le fracas réveille Silvio de sa sieste, et de casser un élément du service de vaisselle envoyé par le céramiste niçois.

Depuis la fin du déjeuner, j'essaye d'accomplir cette séance photo et honorer ce partenariat dans le plus grand calme, et le plus grand silence.

Si cette séance de travail avait été plus bruyante, peut-être aurait-elle empêché mes pensées de bourdonner autour de l'inconnu qui m'avait abordée au cocktail. Hubert Cardinet. Qui a désormais un nom mais qui n'est plus. J'ai tenté de soutirer d'autres informations à Silvio mais il n'en sait pas plus que ce qu'on lui a annoncé au téléphone. Une mort inattendue et très étrange.

J'y crois, moi aussi.

Ils sont là depuis très longtemps.

Vous n'avez pas idée de la vérité.

Il fait sombre. J'ai pris le parti de travailler avec la lumière naturelle aujourd'hui. J'écarte les rideaux en grand et obtiens mon explication sur le manque de luminosité. De gros nuages gris ont recouvert le ciel limpide il y a une heure encore. Alors que je me détourne de la fenêtre, je fais volte-face. Quelque chose dehors m'a semblé suspect. J'ai cru distinguer un mouvement. Je sors de la maison.

Une mêlée de murmures inaudibles plane sur le chemin des villas. Il doit y avoir plusieurs personnes derrière la haie qui entoure le portail. Qu'est-ce que c'est ? Des agents immobiliers ? Non, ces gens-là sont des camelots, ils font beaucoup plus de bruit lorsqu'ils parlent.

Je traverse l'allée pour ouvrir le portail.

Au milieu du chemin se trouvent cinq personnes, tournées vers ma maison. Trois femmes et deux hommes à l'apparence est négligée. Définitivement pas des agents immobiliers. Silencieux, tous ont les yeux levés vers le ciel qui s'assombrit. Ils portent des vêtements amples et bariolés. C'est un festival de cheveux gras et de sandales révélant des pieds dignes de la préhistoire. Ils ne m'ont pas vue sortir de la propriété, tout concentrés qu'ils sont à … à quoi exactement !? Ma seule certitude en cet instant précis est que ces gens me mettent mal à l'aise.

« Qu'est-ce que vous faites ici ? »

Ma voix franche a fendu le silence telle une hache lancée entre les monts. Ils se retournent comme une seule personne en ma direction. À voir leur expression, je ne leur ai pas fait peur. Ils ne semblent pas surpris de ma présence, juste ... incommodés. Ils ont un sacré culot. Pardon de déranger Messieurs Dames. Le plus petit des deux hommes me répond d'un ton placide.

« Nous sommes venus observer les énergies. »

C'est tout. Rien d'autre. Je reste plantée comme une souche en attendant la suite. Je ne sais pas quoi faire de cette information, c'est nouveau pour moi. Ils attendent patiemment que je dégage car je perturbe leur petite réunion. Le plus grand des deux hommes respire très fort par le nez. Le mépris unanime que je lis dans leurs regards me fait frémir. Pourraient-ils me faire du mal ? Non je ne pense pas. Mais je les veux loin de chez moi dans les plus brefs délais. Je tends le bras vers le bout de chemin qui relie la route communale.

« Alors ce que je vous propose, c'est d'aller voir plus loin, il y a surement de l'énergie par là-bas. Parce que vous êtes surtout en train de regarder vers des propriétés privées. Et si j'appelle les flics et ça risque d'être une autre énergie. »

Ils me dévisagent encore un instant, une toute nouvelle expression uniforme s'affiche sur leurs visages déconfits. Elle ressemble cette fois à du dégoût.

Puis l'une des femmes me tourne le dos et avance vers le chemin de la sortie. Ses compagnons lui emboîtent le pas en grommelant.

Je vérifie qu'ils s'éloignent bel et bien, qu'ils ne font pas semblant. Je ne vois aucun véhicule inconnu stationné. Ils ont dû arriver ici à pied.

J'attends encore deux minutes après qu'ils aient disparu avant de rentrer.

De gris, le ciel est devenu noir.

J'entends Silvio s'agiter dans la chambre en rentrant. Il s'est réveillé de sa sieste et prépare son bagage pour le séminaire Londonien qu'il rejoindra demain. Je monte l'aider à préparer ses affaires. Ce n'est pas une activité passionnante, mais quoi qu'il fasse, lorsqu'il passe un samedi entier à la maison, j'en profite pour passer le plus de temps possible avec lui, même si je dois l'aider à remplir sa trousse de toilette et rouler ses sous-vêtements selon ma technique pour optimiser l'espace d'une valise cabine. Ce genre de compétences l'amusent, elles sont à dix univers de ce que lui sait accomplir dans la vie. Le fossé qu'il y a entre nos professions nous rend parfois incongrus, mais c'est pourtant grâce à la mienne que j'ai rencontré Silvio trois ans plus tôt.

Ce jour-là, j'étais de passage à Cannes pour animer un atelier pour adolescentes sur deux jours. Silvio y avait fait inscrire sa filleule qui souhaitait y participer. Elle était très mignonne et avait fait mon éloge à Silvio qui, curieux de me voir en personne, était venu la récupérer à la fin du stage. Avec un peu de maladresse, il m'a invitée à dîner pour me remercier. J'ai accepté, avant de repartir en voyage d'affaires à Annecy, puis chez mon père dans le Loiret où je vivais à ce moment-là.

À partir de ce fameux dîner à Cannes, Silvio s'est mis à téléphoner tous les jours, pour prendre de mes nouvelles et me demander quand pourrait-on à nouveau dîner tous les deux. Deux mois plus tard, il se libérait pour me rejoindre lors d'un de mes séjours à Paris, et nous avons entamé par la suite une histoire à distance. Notre premier séjour ensemble fut dans notre maison actuelle que Silvio avait acquise l'année précédente.

La plupart du temps, c'était à Paris que nous nous retrouvions. Puis, las de nos allers-retours pour arriver à nous voir, Silvio m'a demandée en mariage au bout d'un an. À Paris, là encore. À cette proposition acceptée sans hésiter s'ajoutait implicitement celle d'emménager avec lui dans son appartement Cannois. Car si j'étais flexible géographiquement, Silvio ne l'était pas.

Je me suis donnée deux mois pour m'organiser, quitter la maison de mon père et emménager chez Silvio. J'ai mis un point d'honneur à ne pas répéter la même erreur qu'avec

Ruben. Ainsi, dès mes cartons posés chez mon fiancé, je me suis investie corps et âme dans les préparatifs de notre mariage.

Ce fut un mariage en petit comité dans un domaine viticole du Vaucluse. La plupart des invités étaient la famille de Silvio venue d'Italie ainsi qu'une douzaine de ses confrères et amis accompagnés de leurs épouses. De mon côté est venu ce qu'il reste de ma famille proche. Mon père, trois oncles et tantes avec leurs moitiés respectives et leurs enfants. Kelly, venue accompagnée de son meilleur ami, était ma témoin. J'ai également eu l'idée, à première vue saugrenue, d'inviter Jean-Gérard Grosjean, me demandant si c'était une bonne idée tout en ayant l'intuition qu'il devait faire partie de ma liste d'invités. Il était ravi de venir. J'avais organisé notre mariage à l'italienne. Car si je ne suis italienne que par ma mère, Silvio l'est complètement. La cérémonie à lieu le matin, vient ensuite un long déjeuner avec orchestre, et en fin d'après-midi tout est terminé. Je trouve ce concept beaucoup moins ennuyeux qu'un mariage classique qui dure une éternité.

« Ah tu es là ma Chérie, dit Silvio en pliant un pantalon de costume sur le lit.
- Laisse, je vais t'aider, dis-je en m'approchant de son bagage.
- Je t'ai entendue parler dehors, ça m'a réveillé. C'était qui ? Les Pons ?

- Non. J'aurais préféré.
- Qu'est-ce qui s'est passé ?
- Justement, j'aimerais bien le savoir. Il y avait cinq personnes bizarres devant la haie. Ils avaient le nez en l'air. Quand je leur ai demandé de quoi il s'agissait, ils m'ont dit qu'ils étaient venus voir une énergie ou je ne sais trop quoi. Je leur ai demandé de dégager.
- Ah d'accord. »

Silvio prend l'anecdote avec une nonchalance étonnante.

« Ça m'a plus bouleversée que toi, on dirait.
- Oui, c'est rien. C'est déjà arrivé. »

J'ai besoin d'une pause. Je m'assois sur le lit entre deux chemises amidonnées du pressing. Mon mari sourit à mon air interrogateur.

« Une fois, m'explique-t-il, je ne sais plus quand, avant qu'on habite ici en tout cas, j'ai vu tout un groupe de personnes à peu près au même endroit.
- Tout un groupe ?
- Oui, il devait y avoir huit femmes, dans le genre un peu New Age, tu vois ?
- Qu'est-ce qu'elles faisaient ?
- Je ne sais pas trop, des genres de prières un peu particulières. Je n'étais pas très confortable avec ça mais elles n'étaient pas méchantes. Elles sont reparties d'elles-mêmes quelques minutes après.
- Bon, ben si c'est normal, tout va bien alors. »

J'enroule une ceinture pour la caler dans un coin du bagage.

« Au fait, les Pons sont partis à Londres rendre visite à leur fils ce week-end, me dit Silvio.
- Je ne savais pas.
- Tu n'as pas eu la chance de croiser France Pons ces derniers jours ?
- Quoi que ce soit, je n'appellerais pas ça une chance.
- Elle n'est pas redevenue aimable avec toi ?
- Pas encore, je ne l'ai pas croisée depuis la fois où elle a été infecte. En revanche j'ai croisé son mari. Il est toujours égal d'humeur, lui.
- Bertrand ?
- Oui, jusqu'à preuve du contraire, notre voisine ne possède qu'un seul mari. D'ailleurs, il m'a dit que Madame Pietri perdait un peu la tête. Je crois qu'il a raison. Je suis allée chez elle l'autre jour lui rapporter un colis, il semble bien qu'elle déraille par moments. Elle dit des trucs un peu bizarres.
- Madame Pietri a toute sa tête, pour ce que j'en sais. À chaque fois que je la croise en rentrant, je prends le temps de discuter un bon quart d'heure avec elle.
- Je ne savais pas. C'est gentil.
- Elle divague comme toute personne de quatre-vingt-douze ans qui vit seule. Mon arrière-grand-mère était pareille. Pourquoi ? Qu'est-ce qu'elle t'a dit de particulier ?

- Je lui ai demandé si elle savait quand est-ce que les Moran avaient acheté leur maison. Elle m'a répondu qu'ils vivaient déjà ici quand sa famille a construit la ferme. Au siècle dernier donc.
- Oui c'est bien ce que je me disais.
- De quoi ? Que les Moran ont acheté leur villa pendant l'antiquité ?
- Non, que Madame Pietri a quand même des petits soucis de mémoire.
- Oui on dirait. »

Je jette un oeil à la villa fermée des voisins américains, calme comme une cathédrale entourée de son cloître sous le ciel menaçant.

« Tu leur as déjà parlé ? Tu ne me l'as jamais dit.
- A qui ? demande Silvio.
- Aux Moran. Tu a dû les rencontrer plus d'une fois depuis que tu as acheté la maison. »

Silvio ferme sa trousse de toilette l'air pensif.

« Je ne sais pas. Je ne m'en souviens pas. »

Il hausse les épaules et pose la trousse dans la valise.

« Je suppose que oui. »

Une réponse quelque peu curieuse concernant nos voisins immédiats. Comment d'ailleurs se fait-il que nous n'ayons jamais parlé d'eux auparavant ?

CHAPITRE 12

Silvio traverse entre les gouttes et jette son bagage dans le coffre de sa Mercedes. Je cours derrière lui avec sa housse de costume et résiste à la tentation de la lancer négligemment tel un sac poubelle sur la plage arrière. Je suis déjà trempée après quelques secondes dehors. Silvio s'est précipité derrière le volant pour ne pas subir le même sort. Il daigne malgré tout baisser sa vitre afin d'embrasser son épouse.

Je dois hurler par-dessus la pluie pour lui ordonner de me téléphoner lorsqu'il aura atterri à Londres. Puis la voiture de Silvio disparaît dans l'orage.

Dans la maison, je me hâte de me débarrasser de mes vêtements trempés avant d'attraper froid. J'enfile un peignoir et enroule mes cheveux mouillés dans une serviette. J'aperçois quelque chose par la fenêtre de la salle de bains.

Cette fois, ce ne sont pas deux mais trois Berlines qui descendent vers la villa des Moran par le chemin de montagne. Après réflexion, ce sont peut-être des gens à qui les Moran louent leur maison lorsqu'ils rentrent aux Etats-Unis. Les

Mikkelsen, eux, laissent leur maison vacante près de sept mois durant lorsqu'ils rentrent en Norvège. Cela me rappelle que les Pons sont à Londres pour le week-end. Il ne reste que Madame Pietri et moi dans notre hameau isolé sous l'orage. Cela signifiant que je me retrouverais totalement seule, s'il m'arrivait quoi que ce soit. Je ne sais pas si c'est cette constatation, ou la pluie, qui vient de me glacer le sang.

    J'ai beau être solitaire, je n'aime pas me sentir isolée ici. Je me rassure en me disant que ce n'est pas si souvent, que les Pons sont là toute l'année, en principe, juste à deux maisons de la nôtre. Bien que France ne m'ait pas à la bonne, elle serait obligée bon gré mal gré de faire quelque chose si je me présentais ensanglantée à sa porte, un couteau planté entre les deux yeux. C'est illégal de laisser quelqu'un dans cet état de toute façon. Et j'en ferais de même pour elle.

    Parce que je ne vivrais ailleurs pour rien au monde. C'est la première fois que pose mes cartons quelque part pour de bon, dans un endroit que j'ai vraiment choisi, même si mon mari l'avait choisi avant moi. Ici, je sens enfin chez moi. Après des années d'errance immobilière.

    J'ai grandi à Puteaux avec mes parents. J'ai quitté leur foyer après avoir lancé Kostyck pour louer un deux pièces mal foutu près de la place de l'Europe qui aurait dû être provisoire. J'ai finalement passé de nombreuses années dans cet appartement, en attendant de pouvoir me marier avec Ruben, qui de son côté, louait un studio exigu rue de Seine, lui aussi trop petit pour nous deux. C'est par la contrainte que j'ai résilié ce bail, fauchée et en faillite, pour me réfugier dans la maison de campagne de mon père dans le Loiret. Là encore, Bien que je fus toujours en voyage les deux dernières années, le provisoire aura duré longtemps. Par la suite, Cannes m'a accueilli en son centre-ville oppressant. J'aurais fini par atterrir dans cette maison à trente-six ans. Et trente-six ans pour se sentir enfin chez soi, c'est un triste record. J'y suis, j'y reste. Voisins ou pas.

*

La nuit est tombée sans que je m'en rende compte, absorbée dans mes notes pour la conférence de demain à Cannes. Je passe du bureau au dressing un peu courbaturée pour préparer une tenue à enfiler demain matin.

Un écho tonitruant retentit. Le grognement d'un animal sauvage. Une bête dont je ne reconnais pas le hurlement. Je me fige, à genoux sur la moquette du dressing. Un nouveau rugissement. Beaucoup plus fort et beaucoup plus long que le premier. Comme s'il se trouvait à l'intérieur de la maison. Ce qui est parfaitement impossible. Cela n'empêche pas mon coeur de battre à un rythme effréné. Un troisième hurlement déchire le silence.

Je me lève sans bruit et descends doucement vers le rez-de-chaussée, marche après marche. Plus rien, hormis le bruit de la pluie sur le toit. Et de légers sons de grésillements dans le salon. La télévision est restée allumée. Je ne m'en étais pas rendue compte. Je l'éteins sur un vieux film des années cinquante en noir et blanc. Était-ce là d'où venait le bruit ?

Oui forcément, car le bruit ne pouvait pas venir de l'extérieur, il aurait été étouffé par la pluie, c'était trop sonore. Trop sonore pour le faible volume de la télévision toutefois. Il ne peut de toute façon pas y avoir d'animal aussi gigantesque que ce cri dans la maison, cela se verrait. Une bête émettrice d'un tel un son aurait tout dévasté sur son passage.

Je remonte à l'étage, perplexe. Le film qui passait à l'écran se déroulait au cœur de Paris. Y avait-il des bêtes sauvages dans la capitale dans les années cinquante ?

Aucune idée, je n'étais pas née.

*

Je ferme les volets du salon en chemise de nuit avant d'aller dormir. L'ouverture des fenêtres fait s'engouffrer de grands courants d'air froid dans la maison. Je ne referme pas le volet tout de suite et me penche par la fenêtre.

La porte du local technique de la piscine est restée ouverte. Silvio a dû oublier de la refermer après avoir fait un filtrage ce matin. Je pèse le pour et le contre. Je n'ai aucune envie de sortir dans le jardin en chemise de nuit par une soirée aussi froide. Aussi inconfortable que cela puisse être, je vais malheureusement devoir m'y coller. Il y a du matériel là-dedans et avec la pluie on ne sait jamais. Ce serait de ma faute si quelque chose se trouvait endommagé. Je n'aimerais pas que l'on doive faire réparer un machin technique de piscine qui coûte une fortune parce que j'ai eu la flemme d'aller fermer une porte. Je passerais pour quoi ? J'attrape un parapluie, enfile des sandales à contre-coeur et sors de la maison, accueillie dehors par une bourrasque de vent humide.

Le parapluie lutte contre les éléments tandis que je cours jusqu'au local technique. Je rabats la porte en bois peint coincée par les graviers dans un grincement. Je tape d'une main sur le battant jusqu'à être sûre que le local soit bien fermé.

Je me retourne lentement.

Je me sens épiée.

Depuis la montagne.

Trois silhouettes dans l'obscurité. Immenses et filiformes.

Indescriptibles.

Car elles ne ressemblent à rien du monde connu.

CHAPITRE 13

Je cligne des yeux à l'alarme stridente du réveil. Étrangement vaseuse, je reste allongée sur le lit. Dehors, la pluie s'est tarie, la gouttière relâche l'eau qui stagne dans les feuilles mortes dans un bruit irritant de goutte à goutte.

Je me sens engourdie. Pas comme si j'étais malade, mais autre chose. Une sensation que j'ai déjà expérimentée, par le passé, quelque chose de connu mais de rare. Cela me revient doucement. C'est exactement la même sensation qu'après le black-out où mon ex-associée avait introduit de la drogue dans mon verre. L'identique impression vaporeuse de mon réveil à l'hôpital ce matin-là.

Je me redresse d'un coup au milieu des draps, telle la possédée d'un film d'horreur.

Je se souviens ...

Je se souviens avoir vu ces choses bizarres dans le jardin. Des choses ... Trois créatures immenses ... Bon sang mais qu'est-ce que c'était !?

L'atrocité de ces êtres indéfinissables me revient en mémoire et pourtant ... Pourtant je n'ai aucun souvenir d'être allée me coucher après cette rencontre ahurissante. Ni d'avoir fait ma prière avant de m'endormir.

Mes mains agrippent la couette fine qui me recouvre encore. Je suis bien en chemise de nuit, et dans mon lit. Sur le papier tout est normal.

Attends attends, réveille-toi, souffle un coup, et essaye de te rappeler.

Je force ma mémoire à en faire grincer mon cerveau. Rien ne vient. Tout s'arrête à l'instant où j'ai a claqué la porte de ce foutu local dans l'obscurité et me retournée vers ces choses géantes venant de la montagne.

Aurais-je fait un cauchemar et rien de plus ? Ce qui expliquerait tout.

Oui, un cauchemar serait confortable, un peu trop commode. Car cela n'explique pas comment puis-je n'avoir aucun souvenir d'être allée me coucher. Je n'étais pas fatiguée au point de faire une amnésie entre le jardin et la chambre.

Je me souviens de cet effarement, face à ce que j'ai vu dans l'obscurité du jardin. Cette stupeur absolue.

Je suis plongée dans une oppressante confusion.

Je me lève sans trop de peine et saisis mon téléphone pour appeler Silvio. Dieu merci, pour une fois par miracle, au moins cette fois-ci, mon mari répond dès la première tentative.

« Bonjour ma chérie, tu as bien dormi ? Je suis à l'hôtel, je termine le petit déjeuner.
- Je ... il ... »

Je ne sais pas du tout quoi dire, ni par quoi commencer.

« Ça va mon amour ? s'inquiète la voix de Silvio.
- Non ... non pas tellement ... je ...
- Parle, Gloria, insiste-t-il. Qu'est-ce qu'il se passe ?
- Je me suis réveillée ce matin, mais je ne me souviens pas être allée me coucher hier soir.
- Comment ça ?
- Comment ça, comment ça ? Exactement ce que je viens de te dire.
- Attends un peu. Tu as bu hier soir ?
- Tu sais bien que je ne bois quasiment pas. Encore moins seule.
- Oui je sais. Un médicament peut-être ?
- Non, rien du tout.
- Tu te sens bien ? Tu n'as rien mangé de suspect ? Des fruits de mer ?
- Non, je ne crois pas. J'ai mangé des pâtes avec des artichauts. Rien n'était bizarre.
- Et là, maintenant, tu te sens comment ?
- Je ne sais pas ... préoccupée.
- Mais physiquement ?
- Je suis à peu près en forme. J'étais vaseuse pendant quelques secondes après la sonnerie du réveil, mais c'est tout. »

Silvio demeure silencieux au bout du fil. Il réfléchit, scanne son logiciel à la recherche d'une réponse médicale.

« Silvio ? Tu es là ?
- Oui, ma chérie, je suis là. Peut-être que tu couves quelque chose, un virus. La saison commence, même s'il ne fait pas encore froid chez nous.
- Je ne pense pas. Je me sens fébrile quand je couve un truc, je ne me sens pas normale comme d'habitude. Ce n'est pas ça.
- Bien. À mon avis, tu as eu ça parce que tu es surmenée.
- Pardon ?
- Tu es surmenée, tu en fais trop.
- N'importe quoi. Si l'un de nous deux en venait au Burn out, il y aurait plus de risques que ce soit toi. »

Silvio pousse un long soupir. Je m'impatiente.

« Quoi ?
- Gloria, je crois que tu ne t'en rends pas compte, mais tu n'arrêtes pas. Entre les conférences à droite à gauche, les tournages de vidéos, les notes que tu prends dès que tu as deux minutes de libre pour les vidéos, les rendez-vous de coordination avec ton équipe, les interviews, les collaborations avec les artisans, et par-dessus le marché, les recherches de vignoble pour une société que tu ne gères plus, tout ça en ayant

meublé et décoré et supervisé les rénovations de la maison en quelques mois et veillé à son entretien ... Oui, il y a de quoi être légèrement surmenée. »

C'est vrai que présenté de cette façon, cela semble un peu chargé.

« Je n'y ai jamais pensé, dis-je.
- Je vais te dire, dans des états de fatigue extrêmes, on peut même avoir des hallucinations. »

Tiens donc. Cette hypothèse terrifiante me paraît pourtant des plus rassurantes.

« Tu ne t'es pas ménagée dernièrement. C'est le moins qu'on puisse dire.
- Oui, tu as peut-être raison. Mais tout ça, c'étaient des trucs importants.
- Le sommeil et le repos aussi sont importants. Ta santé est importante.
- Je sais, je ... Oh ! Merde ! Silvio, chéri, je vais devoir raccrocher, je dois filer à Cannes. Je suis en train de me mettre en retard.
- Et c'est pour ça que tu ne te souviens pas d'être allée te coucher mon amour. »

*

La salle de conférence de ce palace cannois est trop grande pour le nombre de participantes. Malgré cela, je me sens oppressée. Je me concentre sur mon discours que je m'efforce à rendre naturel et non récité, à propos des couleurs et des motifs vestimentaires. De ce qu'il convient de faire mais surtout, surtout de ne pas faire, devant ce groupe de nouvelles entrepreneuses de tous âges, et d'horizons divers et variés.

Comme si toutes ces conneries que j'enseigne avaient une quelconque importance, finalement ...

La fenêtre me renvoie un reflet fantomatique, et je n'ai pas besoin des couleurs pour deviner mon visage blafard. Je ne me suis jamais sentie aussi mal à l'aise en donnant une conférence. J'ai un début de migraine depuis que j'ai franchi la porte de l'hôtel. Le serre-tête en velours vert bouteille me comprime la tête comme un étau. Mon collier de perles semble décidé à m'étrangler. Mon chemisier en soie vient en renfort à mes collants pour me démanger de la tête aux pieds.

Pour rendre tout cela encore plus sympathique, certaines femmes me toisent d'un regard méprisant ou narquois, sans s'en cacher. Certaines d'entre elles sont là plus ou moins contre leur gré parce qu'elles ont été invitées gratuitement par des associations.

Et celles-ci me jugent. Je croirais pouvoir entendre toutes leurs pensées emmêlées chuchoter de concert. Pour qui elle se prend celle-là ? Qui lui a dit qu'elle était légitime pour m'expliquer comment me saper ? C'est quoi ton problème avec ton serre-tête ? Il va vraiment se passer quoi si je décide de porter un chandail marron et mauve avec des étoiles et des camemberts, grosse pute ?

En plus de ces pensées parasites qui me déconcentrent, je demeure fortement perturbée par la nuit précédente. Cette non-nuit, dont je ne me souviens pas. Les silhouettes me reviennent en mémoire par flashes réguliers.

Mais putain mais c'était quoi ça !??

On aurait dit des déguisements d'insectes géants. Mais leurs pattes étaient si maigres que cela n'aurait pu qu'être des échasses. Des mecs qui se déguisent dans la montagne en pleine nuit pour faire une blague ? Sur des échasses ??

Et depuis quand fait-on un black-out après avoir vu des gens déguisés ?

J'ai le plus grand mal, alors que j'essaye de m'exprimer à intelligible voix, à ne rien laisser transpirer du tourbillon qui a lieu dans ma tête.

Allez, ma fille, l'élégance, c'est partout, même après un black-out. Suis tes propres enseignements.

Never explain, never complain.

*

Je rentre au hameau en automate. Je me sens lourde, lestée d'une fatigue opaque. Seul mon cœur bat trop fort tandis que je stationne ma voiture devant mon portail. Sans l'ouvrir.

Car c'est vers la villa des Moran que je me dirige. Je veux parler à leurs locataires en Berlines. Ils étaient les seuls résidents présents hier soir dans le lotissement, en dehors de la vieille dame dont je ne peux compter sur la mémoire. Je veux savoir s'ils sont vu quelque chose dehors. J'ai pesé le pour et le contre tout le trajet, je n'en ai pas envie, mais j'ai besoin de savoir. Si eux aussi ont vu quelque chose, alors je serais rassurée sur ma santé mentale. Tout en me demandant si l'inverse n'est pas possible. Et quand bien même, je n'aime pas vivre avec le doute.

J'expire un bon coup devant leur interphone. J'appuie sur le bouton. L'appareil émet un genre de crachat indistinct. Le portail s'ouvre aussitôt, sans grincer, fluide, aérien. J'ai aussitôt un mouvement de recul.

Les Moran en personne se tiennent derrière leur portail. Comme s'ils m'avaient attendue ici, à une centaine de mètres de leur villa. Ils semblent être seuls dans leur propriété, sans visiteurs. Une étrange impression me ferait croire qu'ils sont seuls au monde.

Je tente de masquer ma confusion. Ils me fixent sans ciller, le visage souriant, en attendant que je m'exprime la première. Allez, parle !

« Bonjour ! Je suis confuse, je ne savais pas que vous étiez chez vous, je pensais que vous aviez loué votre maison pour la saison.

- Non, répond placidement Richard Moran. Nous sommes là.
- Bien, très bien, euh ... justement, tant mieux. Parce que je voulais vous demander si vous n'aviez rien remarqué de particulier hier soir. Si quelqu'un était venu dans votre jardin.
- Non, répond Rose. Nous n'avons vu personne. »

Il y a un truc qui ne colle pas. Au niveau de leurs voix. On dirait qu'elles n'ont plus le même timbre. Elles ne ressemblent pas à celles que j'avais entendues la première fois où je leur ai parlé. Ils se taisent, comme s'il m'appartenait, à moi et moi seule de parler.

Rose Moran cligne des yeux.

Et mon corps entier se paralyse d'horreur. Électrisé d'une décharge d'épouvante.

Les paupières de ma voisine ont cligné par en-dessous. Le temps d'une fraction de seconde, une pellicule de peau a recouvert son oeil du bas vers le haut.

Ces gens ne sont pas ... humains.

J'étouffe un haut-le-coeur. Je sais. Je sais que j'ai l'air terrorisée. Ma voix tremble.

« Très bien ... Je m'excuse de vous avoir dérangés ... Je vous souhaite une bonne fin de journée ... à ... à bientôt alors. »

Je me retourne et m'éloigne sans attendre qu'ils répondent. Je leur tourne le dos mais je sens leurs regards sur moi.

Leurs clignements d'yeux.

Je marche par miracle vers chez ma voiture, car mes jambes me portent à peine tant elles tremblent.

*

Mon cœur bat à exploser. Si fort que je peine à mener ma voiture au bout de l'allée. La sonnerie de mon téléphone me fait sursauter alors que j'éteins le contact. Papa essaye de me joindre. Je décroche par réflexe, pourtant incapable de parler pour l'instant :

« Glo... va ... nouvel... de ...
- Papa ? je crie. Papa je t'entends très mal ! Je te rappelle de la maison ! Tu m'entends !? Papa !! ... »

La communication coupe. J'entre dans la maison en tremblant de tout mon corps. Mes gestes sont imprécis. Je me cogne partout en retirant par saccades brutales mes vêtements qui me serrent, m'entravent, me démangent.

Je rappelle mon père pour qu'il ne s'inquiète pas et tombe sur son répondeur. D'une voix fluette qui sonne faux, je déclare que tout va bien, qu'on se rappelle plus tard.

Je marche vers la salle de bains, d'un pas un peu plus ferme. J'ai besoin de me laver. Effacer les démangeaisons, rincer ma terreur.

L'eau chaude en abondance parvient quelque peu à me calmer, détendre les nœuds dans mon dos et mes épaules. Je renverse la moitié du flacon de gel douche à la lavande sur le carrelage. Doucement, Gloria, s'il te plaît, calme-toi.

Silvio absent, j'en profite pour m'envelopper dans son énorme peignoir beige, lourd et moelleux. Je commence à respirer un peu mieux. J'éponge mon visage dans la manche trop grande.

Souffle, respire lentement, tu es sur les nerfs. C'est ça ton problème. Burn out ou pas, j'ai trop de casseroles sur le feu pour me permettre une sortie de route par les temps qui courent.

Je reste un long moment à me sécher dans le calme de la salle de bains claire, le temps d'apaiser mon esprit, autant que faire se peut.

Tout va bien. Voilà, tu vois. Tout va bien.

Tu n'es pas cinglée, tu es crevée. Si fatiguée que tu vois des choses qui n'existent pas. Pense à ce que t'a dit Silvio, il est médecin, idiote, il s'y connait un minimum.

J'enfile le bas de jogging en molleton que je déconseille chaque jour à mes ouailles. J'ai la savoureuse impression d'avoir planté mes jambes dans un nuage, mes muscles se détendent, les raideurs qui m'enserrent les épaules finissent de s'estomper. Un faible courant d'air frais caresse sur mon visage démaquillé.

Enfin, je me sens beaucoup mieux bien qu'un peu lasse. La sensation d'avoir pleuré des heures sans m'arrêter.

Je m'installe en chaussons devant son bureau. J'allume l'ordinateur, consulte mes mails. Pour l'instant, aucun nouvel imprévu à gérer d'ici la fin de la journée. Seulement quelques informations reçues permettant une mise à jour du programme et des horaires de mon prochain séjour professionnel à Genève.

Alors que je lève le nez, le clignement d'yeux de Rose Moran me revient en tête. Cling ! Je reviens tout de suite à mon écran, essayant d'oublier ce phénomène que j'ai cru entrevoir.

Je survole d'un œil inquiet mon planning des huit prochains mois, espérant secrètement y trouver quelques moments de creux pour me reposer, prévoir ici et là d'autres choses qui seraient tout sauf du travail.

Ce planning m'apparait soudain tel un monstre tentaculaire. Impitoyable, il ne cesse, ne cesse de se remplir. Ça suffit. Je me promets de ne plus rien accepter d'imprévu jusqu'à l'été prochain. Ce qui me sera proposé entre temps aura lieu après. Ce ne sera pas négociable. Il est grand temps de dire non.

Fort à propos, je reviens vers mes mails pour rédiger une réponse en odieuse langue de bois à ce viticulteur qui souhaite savoir si j'ai été convaincue par sa piquette immonde. À ce niveau de malhonnêteté, j'aurais pu m'engager en politique dans n'importe quel parti, quitte à passer de l'un à l'autre.

Ils ont toujours été là.

Je chasse de mon esprit la voix d'Hubert Cardinet comme une mouche qui serait entrée dans la pièce et signe mon mail.

Ils ont toujours été là...

Madame Pietri aussi me l'avait dit.

*

Il fait nuit de plus en plus tôt. Ici, le soir est moins timide qu'au Nord. Il coupe brutalement la lumière dès la fin de la journée, comme si les gens vivant au-dessous en avaient bien assez profité.

L'ordinateur trône sur la grande table basse du salon, à côté de l'assiette de pâtes que j'ai mangées assise sur le tapis. L'idée me vient de taper la recherche Google très approximative d'« extraterrestres humains ».

Je lance une vidéo tournée sur un plateau de télévision. Un témoin entre deux âges à l'apparence sérieuse prétend avoir fait ce qu'il appelle une « rencontre du troisième type ». Les airs narquois des journalistes et des chroniqueurs qui l'entourent me font arrêter net la vidéo. Peu importe ce que ce pauvre gars avait à dire, invention ou réalité, ce sont les autres qui m'ont donné la chair de poule.

J'essaye un second film, amateur cette fois, où un homme relate son expérience face caméra. Je n'ai jamais autant souhaité ne pas juger les gens sur leurs apparences, mais ce gars-là ne me facilite pas le travail. Je ne peux pas le prendre au sérieux, désolée. Je zappe donc le mec en poncho couvert de miettes pour passer à autre chose.

Cette autre chose prend la forme d'une pénible compilation tapageuse dont une voix-off masculine insupportable explique dans le détail que chaque image est montée de toutes pièces.

Je m'attarde encore, tant qu'il me reste quelques secondes de patience, sur l'interview d'un scientifique d'un organisme d'état. En chemise amidonnée, il affirme que nous sommes seuls dans l'univers, que rien d'autre n'existe que notre vie dans tout l'infini. Il apparaît très sûr de lui, ça donne envie de le suivre.

Si de cette recherche improvisée, je n'attendais rien de particulier, je ne m'attendais encore moins à tomber sur un tel encombrement d'inepties, de moqueries et de canulars.

Il est minuit passé de quelques minutes. J'aimerais bien téléphoner à Morgan mais il est trop tard. Et puis merde, Morgan n'a pas encore trente ans. Et il n'est pas du genre à se mettre au lit à vingt-deux heures. Dans pire des cas, je tomberais sur son répondeur.

Il décroche à la première sonnerie, un peu paniqué :

« Gloria ! Tout va bien !?
- Oui, oui, excuse-moi pour l'heure tardive.

- Il y a une urgence ?
- Non, non, pas du tout.
- Ah bon ... Bon tant mieux, tu m'as fait flipper.
- Je suis flippante quand j'appelle après minuit ? Je ne savais pas.
- Non, pas du tout. Je ne m'y attendais pas, ça m'a surpris c'est tout.
- Je suis désolée, ce n'était pas très élégant d'appeler si tard.
- Ouais sauf que je m'en cogne.
- C'est vrai. Bref, je voulais te demander un truc. Un truc dont tu m'as parlé. J'aimerais bien y aller.
- De quoi ? Au Hell Fest ou à la fête de la bière ?
- Non, imbécile. Au truc sur les ovnis, là, où il faut se déplacer.
- Se déplacer en ovni ?
- T'es con ou quoi ?
- Non non, je fais exprès, je vois de quoi tu parles.
- Oui, les rencontres urologiques, là ...
- Ufologiques. Les rencontres urologiques, c'est un autre délire.
- Oui bien tu m'as comprise.
- Et tu veux y aller ?
- Oui, j'aimerais bien. Tu serais d'accord pour m'accompagner là-bas ? »

CHAPITRE 14

J'entre seule dans le restaurant italien où je me rends parfois avec Silvio lorsque nous sommes à Nice. Mais Silvio est à l'aéroport de Londres, sur le chemin du retour.

Après la pénible journée d'hier, passer ce mardi à Nice a été une bénédiction. J'ai honoré mes rendez-vous dans la bonne humeur, avec un chapelier qui souhaite faire un partenariat avec Nonchalante, et ce caviste avec lequel j'ai dû négocier un plus fort volume de commandes Kostyck. J'ai ensuite écumé plusieurs boutiques pour me fournir en accessoires supplémentaires pour les prochains tournages. Après cela, je n'avais aucune envie de rentrer tout de suite pour me cuisiner quelque chose et dîner seule à la maison.

J'avais besoin de me faire servir, de prendre un moment pour moi. Je me fiche que certains clients m'observent de travers parce que je dîne seule au restaurant.

Je me sens apaisée, en bien meilleure forme.

*

J'attends Silvio en regardant la fin d'une comédie qui passe à la télévision. Il est bientôt vingt-trois heures, il ne devrait plus tarder. Je n'aime pas le déconcentrer en lui téléphonant lorsqu'il est au volant. Encore moins quand il fait nuit, qu'il est fatigué et doit serpenter sur les petites routes.

Un rugissement me fait sursauter. Le même raclement animal qui avait retenti durant l'orage de l'autre soir. On dirait vraiment que ce son terrible provient de la maison. Ce n'est pas la télévision, cette fois c'est impossible. Cela s'est arrêté aussi vite que ça a hurlé.

La porte s'ouvre. Silvio entre dans la maison avec sa valise.

« Chérie c'est moi ... tu en fais une tête.
- Oui ... j'ai cru entendre un bruit bizarre, mais ça vient juste de s'arrêter. »

Je me lève pour aller embrasser mon mari.

CHAPITRE 15

Je confie le volant à Morgan à la sortie du hameau. Il fait déjà nuit, et je ne connais pas la route. Nous quittons Panthier-en-Provence pour Draguignan. Je suis un peu tendue, mal à l'aise d'avoir menti à Silvio sur ma destination de ce soir.

Je lui ai raconté que j'assistais à un dîner-conférence de mères de familles. La seule information correcte que je lui ai donnée est que j'allais à Draguignan avec Morgan pour m'assister. Je ne pouvais décemment pas expliquer à mon mari que je le laissais en plan tout seul à la maison un samedi soir pour aller à une rencontre ufologique, au lieu de passer tout un samedi soir avec cet époux que je ne vois que trop rarement, à son goût comme au mien.

De culpabilité, j'en étais encore à vouloir tout annuler il y a à peine une heure. Mais Morgan était déjà sur la route, et là aussi, cela aurait été incorrect.

Je m'en veux tellement d'avoir laissé Silvio seul à la maison en tête à tête avec une pizza surgelée. Pourtant il a avait l'air ravi. Il avait prévu de regarder un match de je ne sais pas quoi. Je ne me suis jamais rendue compte d'à quel point il passe rarement du temps pour lui, seul à la maison, juste à se reposer, vraiment, sans rien autour. Il le fait encore moins que moi. Je pense qu'être seul ce soir à la maison lui fait vraiment plaisir.

Cependant, je ne peux m'empêcher de m'en vouloir.

*

« On est en retard ?
- Un peu, ça a déjà commencé », répond Morgan en terminant sa cigarette à l'entrée d'un bâtiment lugubre bâti sur une place lugubre où sont stationnés de nombreux véhicules lugubres.

Il écrase son mégot et me tient la porte. Nous traversons un hall maussade où le carrelage couine sous nos semelles. Puis nous nous engouffrons à travers les portes battantes d'une petite salle de conférence terne. Morgan désigne en chuchotant deux chaises pliantes inoccupées au bout de la dernière rangée. Nous nous y glissons sur la pointe des pieds, dans un froissement de manteaux.

Deux personnes sont assises sur l'estrade, tournées de biais l'une vers l'autre face à l'audience. Celui que j'imagine être l'organisateur de l'évènement pose des questions à une femme témoin d'apparitions de lumières inouïes se mouvant le ciel dans un village proche d'ici, d'après ce que je comprends.

« J'ai observé le phénomène avec mon mari et j'ai appris le lendemain que mes voisins l'ont aussi vu.
- Combien de temps a duré ce ballet de lumières, comme vous le décrivez ? »

Assise au dernier rang, j'ai une vue panoramique sur l'audience composée d'une cinquantaine de personnes. Je m'attendais beaucoup moins. Trois autres participants viennent de passer la porte discrètement, balbutiant des excuses à voix basse en allant vers une place où s'assoir.

Je ne peux m'empêcher de penser que j'aurais un sacré boulot si j'étais engagée à remettre tous ces gens sur le droit chemin des apparences. Rien que pour en rendre certains présentables. Car il y a à boire et à manger dans le public.

Quelques mains se lèvent pour poser des questions à l'intervenante, attendant que l'organisateur leur donne la parole.

« Avez-vous ressenti des maux de têtes, vous et vos proches, après cette observation ?
- Je ne sais pas. Nous non ... ma voisine, je crois. Peut-être », bafouille la dame.

J'ai un pincement au coeur. Nul besoin de posséder de grands pouvoirs psychiques pour deviner que cette pauvre femme est complexée, mal à l'aise, qu'elle ne s'aime pas et s'est donné beaucoup de mal pour venir parler en public ce soir car elle sentait que c'était important. J'aurais tellement aimé pouvoir l'aider à préparer son intervention, lui donner un minimum confiance en elle.

Ce dépassement de soi touche à sa fin, lorsque l'organisateur la remercie et qu'elle regagne sa place au premier rang, soulagée, sous une douce averse d'applaudissements réconfortants à laquelle je participe.

« Maintenant, chers amis, place à un invité de marque qu'on ne présente plus, mais je vais le faire quand même. J'ai l'immense honneur de nommer l'illustre Norbert Saliège, spécialiste du sujet et auteur de nombreuses publications. »

L'illustre Norbert se lève et montre sur l'estrade sous des applaudissements un peu plus fournis. Un expert d'une quarantaine d'année, vêtu d'un jean trop grand d'une couleur indéfinissable et d'une veste en polaire à carreaux orange.

Ce dernier prend la parole d'une traite, sans aucun préambule. Il ne s'agit plus ici d'un entretien mais d'un long discours solitaire dont pas mal de termes me sont inconnus. J'ai du mal à suivre. Il lance des noms de personnalités du milieu que tout le monde est censé connaître à part moi. Norbert étant très peu interrompu pour des demandes impromptues de définitions ou éclaircissements divers, j'en déduis que le public est déjà doté dans sa majorité d'un vaste vocabulaire ovniesque dont je suis fort dépourvue. Il est aussi possible que personne n'ose confesser ses lacunes en public face à un spécialiste aussi calé dans son domaine. Quoi qu'il en soit, je suis un peu larguée, m'étant présentée ici avec un niveau débutant.

« ... cela existe sans doute depuis des milliards d'années. Ces phénomènes sont tout sauf nouveaux. S'agissant des espèces, il n'y en n'a pas qu'une. Plusieurs races différentes ont été observées, qui n'ont rien à voir les unes avec les autres. »

Norbert achève son exposé sous les acclamations.

Une femme aux cheveux blonds presque blanc, et aux yeux bleus presque blanc, succède à l'expert pour témoigner de son « abduction », mot de vocabulaire que je viens d'apprendre avec application qui signifie « enlèvement par des extraterrestres ». D'une voix lente et souffreteuse, elle explique qu'elle est tombée enceinte peu après et qu'elle a donné naissance à des enfants « hybrides parfaitement normaux ».

C'est là que je me demande dans quoi Morgan m'a vraiment embarquée. Et ce que je fous ici à écouter toutes ces conneries. Morgan écoute tout cela tranquillement sans lever un sourcil. J'ai envie de me lever et partir de ce truc malsain.

Un homme maigre d'une soixantaine d'années rejoint la scène et fait part d'un voyage extra-corporel où il aurait rencontré des entités bleues hautes de plusieurs mètres. Là aussi, je trouve cela très gênant.

C'est la cour des miracles de l'invention paranormale. J'admets que je juge trop aux apparences mais Doux Jésus ... Il n'y a peut-être que deux pour cent de personnes dans cette salle à qui je donnerais du crédit en gardant ma libre pensée.

*

À mon grand soulagement, la conférence s'achève lorsque le voyageur astral quitte la scène dans un monde on ne peut plus physique, cette fois-ci. La salle s'emplit soudain d'un intense brouhaha ponctué de chaises qui grincent. L'audience se relève courbaturée par l'inconfort des sièges, s'étirant, baillant, souvent sans mettre la main devant la bouche, et se dirige vers un buffet dressé en toute discrétion par des mains habiles en plein milieu de la conférence.

Je me tourne vers Morgan qui n'a pas l'air secoué le moins du monde par tout ce que nous venons d'entendre.

« On s'arrache de là ?
- Attends cinq minutes, c'est pas très sympa de s'enfuir comme des voleurs. Tu veux une petite

bière pour faire passer toutes ces informations indigestes ?
- Tu penses que ça va me suffire ?
- C'est tout ce que j'ai à te proposer malheureusement. Ça ou du Fanta.
- Va pour la bière alors. À condition qu'elle ne soit ni tiède ni éventée ni périmée. »

J'attends dans un coin que Morgan me ramène un breuvage acceptable, juste tiède, quand une jeune fille s'approche de moi, mignonne et habillée très à la mode, ce qui n'est pas du meilleur goût.

« Bonsoir, excusez-moi, mais … vous êtes la dame des vidéos Nonchalante, non ? »

Oh merde… Il ne manquait plus que ça …

Je conserve mon sang-froid et prends un air étonné.

« Des vidéos, comment ça ? Oh non … Vous devez me confondre avec quelqu'un d'autre.
- Mais vous êtes son sosie, c'est dingue ! insiste-telle. C'est une nana avec des grands cheveux bruns comme vous et qui porte un peu des sapes pareilles que vous, elle fait des vidéos sur quoi faire, comment se tenir bien, s'habiller classe et tout, ce genre de trucs quoi.
- Ah bon ? Je ne connais pas du tout, je ne regarde pas trop l'internet. Ce n'est pas moi en tout cas », dis-je en fixant Morgan qui revient vers moi d'un regard implorant.

Il me tend une bière chaude, l'adolescente incrédule est toujours plantée devant moi.

« Elle s'appelle Gloria, je crois, affirme la fille, la meuf des vidéos.
- Mais je ne fais aucune vidéo. Hein Morgan ? Dis quelque chose, cette jeune fille me prend pour quelqu'un d'autre.
- Elle ? ricane Morgan. Ben non. Elle s'appelle pas Gloria en plus. Elle s'appelle Cindy. Et c'est ma tante.
- Ah, fait l'inconnue, ben désolée, vous avez le même nez très grand avec la bosse là et tout, du coup je me suis trompée, bonne soirée. »

Je bois une gorgée de bière et m'éloigne aussitôt pour abandonner mon gobelet au milieu du buffet afin qu'il ne se répande pas sur les biscuits apéritifs premier prix disposés çà et là. Lorsque je me redresse, un homme rachitique et hirsute me fait face.

« Je sens quelque chose sur vous, déclare-t-il d'une voix basse et rauque.
- Je vous demande pardon ?
- Vous avez quelque chose, à l'intérieur de votre corps.
- Vous voulez parler de mes organes ? C'est tout à fait normal.
- Non, non, dit l'inconnu, concentré, ignorant l'ironique impulsée par le malaise qu'il m'inspire. Vous devez avoir un implant. »

Je ne sais que dire. On ne m'avait encore jamais abordée pour me dire une chose pareille, et Dieu sait que j'en ai entendu dans ma vie. Il m'approche de trop près. Je réponds sèchement en restant courtoise.

« Désolée Monsieur mais je n'ai aucun implant d'aucune sorte, et je dois y aller.
- Ce n'est peut-être pas un implant physique, mais un implant éthérique. Vous êtes en danger, où que vous alliez, ils pourront vous retrouver. »

Je me détourne en vitesse de ce malade et serre le poignet de Morgan.

« Aie ! Gloria, la vache, tu me fais mal.
- Ça suffit, on y va s'il te plaît. »

*

Nous cheminons en silence à travers les hauts rochers plongés dans la nuit, sans croiser le moindre véhicule. J'ai la gorge sèche, je frissonne de tout mon corps. Morgan me lance un coup d'œil perplexe.

« Ça va Cindy ?
- Ta gueule. »

Il sourit dans l'obscurité.

« Excuse-moi.
- T'inquiète. Je sais ce que ça fait.
- De quoi tu parles ?

- De commencer à envisager que certaines choses qui dépassent l'entendement puissent éventuellement exister. C'est dur à encaisser. »

Il vient de toucher du doigt, très précisément, ce qui se passe dans ma tête et me fige dans ce silence obtus.

Je n'ai pourtant pas gobé un traitre mot de toutes les absurdités entendues ce soir. Le travail s'est fait en amont, insidieusement. Depuis quelques temps, j'ai commencé bien malgré moi à admettre que les choses inconnues dans le ciel doivent exister. Beaucoup trop de gens sérieux en témoignent.

Et ce constat est pesant. Il soulève trop de questions. Il est bien plus agréable d'être dans de confort de l'ignorance, de balayer ces questions avec une bonne grosse blague pour se rassurer.

Je comprends mieux, aussi, pourquoi la plupart des gens réfutent le sujet avec virulence, jusqu'à refuser d'en entendre le moindre mot.

Parce que ça fout sérieusement les miquettes.

Je fais mon signe de Croix.

Heureusement que Tu es là.

*

Morgan récupère sa voiture devant le portail.

« Merci encore, Morgan, de m'avoir accompagnée. Vraiment, excuse-moi pour mon comportement de merde.
- C'est rien, ça t'a secouée, c'est normal.
- Pardon quand même.
- Ne t'excuse pas. Ça m'a fait plaisir de t'accompagner là-bas. Bonne nuit.
- Bonne nuit. »

Je roule jusqu'au garage dans le jardin endormi où seuls les sons des bestioles glissent dans la nuit calme. De toutes petites bestioles. Minuscules. De celles que l'on peut écraser avec le pied quand on est méchant.

Tout est éteint dans la maison, à l'exception d'une lampe du salon et de la télévision devant laquelle Silvio s'est endormi. J'éteins la publicité et m'enfonce sur le canapé, pressant doucement l'épaule de Silvio.

« Je me suis endormi ? demande-il.
- Oui, je crois qu'on peut appeler ça comme ça. Sinon j'y connais rien. »

Il me ceinture de ses bras et pose sa tête sur mon ventre en clignant des yeux.

« Tu devrais monter te coucher.
- C'était bien ton truc ?
- Oui, pas mal. J'avais hâte de rentrer.
- Je vais aller dormir.
- Je t'accompagne te dire bonne nuit et je redescends. Je n'ai pas encore sommeil. »

J'ai gardé mon manteau pendant tout ce temps sans y prêter attention. Je sors dans le jardin et m'assieds devant la piscine pour rappeler mon père qui a essayé de me joindre une heure plus tôt, mais je crains qu'il ne dorme déjà.

« Allô ma puce. Ça va bien ?
- Ah ... Tu es réveillé ?
- Ben oui, je viens de rentrer, j'ai dîné avec Francis et sa femme. Ils te passent le bonjour.
- Tu leur diras que je les embrasse.
- Francis veut que tu reviennes bosser à sa station-service.
- Excellente nouvelle, je n'attendais que ça ! »

Un silence s'installe après nos ricanements stupides.

« Ça va toi ? demande papa. On t'entend pas beaucoup en ce moment. Tu es débordée, on dirait.
- Oui, il y a de ça.
- Faut te reposer un peu, ma fille.
- Dis-moi papa ...
- Oui ?
- ... Tu crois ... Tu crois à l'existence des extraterrestres ?
- Moi non, je ne crois que ce que je vois, à part pour Dieu.
- Comment ça ? Je veux dire, pourquoi tu dis « moi non » ?
- Parce que ta mère y croyait. »

Un hoquet m'échappe. Je ne peux pas croire ce que je viens d'entendre. Je le somme de répéter.

« Ta mère croyait aux ovnis, oui.
- Comment …
- Elle en avait vu un quand elle était petite.
- Elle avait vu ça … Mais où ? Quand ?
- Je ne sais pas. Elle ne m'en avait parlé qu'une fois, elle n'aimait pas ça. Ça la terrorisait. »

Je reste longtemps dehors après avoir raccroché.

Je pense à maman qui a disparu si vite. Et moi qui n'ai rien vu. À cette époque, elle était si inquiète pour moi qu'elle n'avait pas voulu être un fardeau supplémentaire en me révélant son diagnostic. Elle est partie sans que n'ai jamais su quoi que ce soit de sa foutue maladie.

Trop tard. Trop tôt … rien de va dans ce départ précipité de la vie terrestre.

Je voudrais qu'elle soit là, avec moi ce soir. Je voudrais qu'elle soit avec moi tous les jours.

J'ai un cafard monstrueux.

CHAPITRE 16

Sortie du bar à vins niçois où j'ai dû négocier la mise à la carte des dernières boissons Kostyck, sortie du rendez-vous de préparation d'une conférence bénévole pour des jeunes femmes ayant grandi en foyer d'accueil, il me reste une heure à tuer avant mon rendez-vous médical.

Je pousse la porte d'un hôtel, traverse le lobby jusqu'au bar et m'installe dans un gros fauteuil rouge, soulageant mes pieds rendus douloureux par toute cette marche en talons.

J'ouvre mon carnet sur la table laquée pour relire mes notes concernant une prochaine vidéo portant sur le langage corporel. Je sens mon téléphone vibrer au moment où je sors mon crayon pour noter deux nouvelles idées.

« C'est pas vrai ! On est jamais tranquille, merde !
- Ah … pardon Madame, je suis désolé, je reviens un peu plus tard. »

Je lève les yeux vers le propriétaire des jambes qui viennent de se matérialiser devant moi. Elles appartiennent à un jeune serveur un peu abattu. Je ne sais plus où me mettre.

« Mon Dieu, excusez-moi, ce n'était pas pour vous. Mon téléphone sonnait, je parlais toute seule. »

Une explication d'un esprit sain. Quoi qu'il en soit, le pauvre garçon est libéré d'un poids.

« Je suis navrée, vraiment.
- Tout va bien, Madame. Du coup vous voulez voir la carte ?
- Non merci, un jus de citron pressé sans sucre sera parfait, merci. »

J'enfile mes écouteurs et rappelle Émilien.

« Salut, tu vas bien ?
- Ouais et toi ?
- Ça dépend de ce pour quoi tu m'appelles. Encore une mauvaise nouvelle ?
- Non, pas vraiment. Juste un truc un peu bizarre.
- Explique.
- Il y a une photo qui circule de toi qui aurait été prise lors d'une conférence sur les ovnis à Draguignan. On ne peut pas affirmer que c'est toi, mais ça te ressemble beaucoup. »

Quelle merde !

« N'importe quoi ! C'est une erreur.
- C'est ce que je me suis dit. Je viens de te l'envoyer, regarde. »

Sur le cliché, on m'aperçoit d'assez loin pour créer une confusion. L'image a été prise au moment où ce type était en train que m'expliquer que j'étais bourrée d'implants ras la gueule. C'était juste avant que je m'en aille.

« J'avoue que c'est ressemblant, mais ce n'est pas moi.
- Bien sûr que non.
- Tu t'imagines si c'était vrai, ah ! ah ! »

Émilien pouffe de rire. Je déglutis.

« Ah non, fait-il c'est vraiment pas toi.
- Mais ça se pourrait, remarque. J'aurais très bien pu venir donner quelques rudiments sur les bonnes manières aux Aliens. Ou comment rester chic pendant une abduction.
- Une quoi ? »

J'ai poussé la déconnade un peu trop loin.
« Rien, je dis, des conneries… »

*

Dans son cabinet spacieux et sobre, le Docteur Rizzo examine ma prise de sang effectuée hier matin. Depuis que j'ai repris ma vie et ma santé en main, je fais un bilan sanguin tous les ans.

Silvio m'a facilité la tâche en me mettant en contact avec ce généraliste. En emménageant dans le Sud, je n'avais plus de médecin traitant, et il faut batailler pour en trouver un par ici.

« Vous avez une carence en fer. Je vais devoir vous en prescrire en complément alimentaire.

- Une carence comment ?
- Une belle carence. Vous avez des symptômes en particulier ? Des choses qui vous dérangent ?
- J'ai souvent mal à la tête depuis quelques temps. Avant c'était rare, mais ça s'est accéléré depuis mon déménagement.
- D'autres choses ?
- Je dors assez mal, j'ai eu quelques insomnies. Par conséquent, je me sens fatiguée la plupart du temps. »

Le médecin repose ma prise le sang sur son bureau et aplatit ses mains dessus.

« Votre fatigue est multifactorielle. Elle est aussi due à votre anémie.
- Oui, ça n'aide pas.
- D'un autre côté, à en croire Silvio, vous ne vous ménagez pas, rien d'étonnant à ce que vous vous sentiez moins énergique. D'après lui, il y aurait un peu de surmenage dans tout ça.
- Je reconnais que je suis plutôt ... active, je dirais. Mais je pense que le terme surmenage est un peu fort. »

Il me sonde un instant du regard, sans expression particulière.

« À quand remonte la dernière fois que vous avez pris des vacances, Madame Bianci ?
- Alors, les dernières vacances ... »

Je lui fais le geste de me laisser un peu de temps pour me souvenir. Je suis stupéfaite de me trouver incapable de répondre à cette question toute simple. Les seuls moments de pause de ces dernières années ont consisté en quelques week-ends en Italie avec Silvio. Tout le reste de mes voyages antérieurs ont été des déplacements professionnels. Je ne m'en étais jusqu'ici jamais rendue compte.

« Je ne sais pas ...
- Ne vous inquiétez pas, cela répond parfaitement à ma question. »

Il soulève un papier. Je reconnais le formulaire que sa secrétaire m'a fait remplir avant ma première visite.

« Sur le questionnaire, vous avez coché oui à antécédents de dépression. Vous pouvez m'en dire plus ?
- C'est très simple. Il y a quelques années, en moins de temps qu'il ne faut pour le dire, j'ai perdu ma mère, mon fiancé, mon business, mon appartement et mon argent. Je pense que n'importe qui aurait été un peu déprimé à ma place. »

Le Docteur Rizzo ramasse les quelques feuilles concernant mon dossier de nouvelle patiente et les tasse ensemble.

« Vous avez raison, c'est un peu beaucoup. Pour ce qui concerne l'instant présent, je vous conseille de vous méfier du déni.
- C'est à dire ?
- Il faut que vous acceptiez de reconnaitre les signaux de fatigue et vous octroyer les temps de

repos nécessaires. Je ne sais pas si on vous l'a déjà dit, mais vous n'êtes pas une machine.
- J'admets volontiers que j'ai travaillé très dur pour arriver là où j'en suis actuellement. Remonter la pente après toutes ces catastrophes m'a demandé beaucoup d'énergie et a absorbé toute ma concentration. Sans ces efforts, je n'en serais pas à ce niveau d'accomplissement personnel, mariée, épanouie, et vivant enfin dans un environnement qui me convienne pour la première fois de ma vie.
- Et, est-ce qu'au moins, vous profitez des fruits de ce travail dans votre vie privée ? Dans vos loisirs, votre vie sociale ? »

Je hausse les épaules. Là non plus, je n'ai pas de réponse claire.

« Je n'y ai jamais vraiment réfléchi. »

Clairement, la réponse est non.

CHAPITRE 17

Je savoure le calme de ce vendredi après-midi. Je n'ai ni tournage ni rendez-vous. Installée dans mon bureau, je travaille sur le plan de mon projet de livre. Sans urgence, pour une fois, j'ai tout mon temps pour me lancer dans cette entreprise, personne ne me presse. Il faut toutefois que je finisse par m'y coller un jour où l'autre si je veux que ce livre voie la lumière du jour.

Je griffonne les grandes lignes que je veux donner à la trame dans mon carnet. C'est très facile, il s'agira juste des bases vers une vie plus élégante, sans rien d'exhaustif, car je compte produire plusieurs volumes après celui-ci.

Je pose mon crayon et me prends la tête dans les mains en songeant à tous les shootings supplémentaires que je vais devoir m'infliger pour ce bouquin. Rien que l'idée me rend lasse. D'un coup, je n'ai plus envie de rien.

J'allume l'ordinateur. J'aurais mis peu de temps à me déconcentrer. Le navigateur me propose un large choix de vidéos sur les ovnis, dotées de titres racoleurs. Je clique en bonne cliente.

Un trentenaire encore puceau offre un exposé face caméra sur les reptiliens avec un cheveu sur la langue. Je crois que j'en ai entendu parler à la rencontre de Draguignan, le fameux Norbert avait mentionné ce type d'extraterrestre de mauvaise vie. Dans mes souvenirs, ce type d'Alien décrié a fort mauvaise réputation. Je ne suis pas très sûre d'avoir bien tout compris sur ce sujet, mais je suis certaine que ça ne m'intéresse pas. Je passe à autre chose.

Le type qui s'exprime a déjà l'air un peu plus crédible, il se tient droit et s'exprime à haute et intelligible voix. Il me fait penser à un startupper vendant son produit de haute technologie fraichement démoulé.

« D'après un sondage sur cinq mille étudiants, annonce-t-il, soixante-sept pour-cent d'entre eux accepteraient de monter à bord d'un vaisseau extra-terrestre pour voyager dans l'espace. En revanche, sur cette portion d'individus volontaires pour le voyage spatial, moins d'un pour cent d'entre eux accepteraient de passer par un trou noir si cela leur était proposé. Lorsqu'il leur a été demandé de préciser la raison de leur refus à la seconde proposition, les sondés ont répondu que s'ils accepteraient de voyager dans l'espace en compagnie d'une autre espèce, ce serait avant tout pour réaliser des vidéos et autres photos à poster sur les réseaux sociaux. Des photos et vidéos qui seraient alors impossibles à publier s'ils venaient à traverser un trou noir, vers un inconnu intersidéral d'où ils pourraient ne jamais revenir. »

J'aurais fait partie du un pour cent si j'avais été sondée. Le trou noir, j'irais sans hésiter, quitte à ne jamais revenir. Je serais trop curieuse pour m'interdire la découverte l'inconnu le plus absolu. Peut-être même pourrais-je y rencontrer Dieu en personne. Devant une telle chance, je serais capable de tout abandonner derrière moi.

La vidéo suivante compile des témoignages de Monsieur et Madame Tout Le Monde présentant des photos archi-floues qu'ils ont soumises à l'organisme officiel d'études des phénomènes aériens non identifiés. J'ai un léger doute sur le fait qu'un organisme d'état puisse proposer un travail rigoureux sur le sujet, mais pourquoi pas. Au sujet d'une vie ailleurs, toutes les hypothèses paraissent plus ou moins admises.

Allez, une dernière pour la route avant de reprendre le travail.

La dernière autoproduction reste celle du malaise. Une soixantenaire chétive avalée par des vêtements trop grands explique qu'elle est une intra-terrestre, que son peuple vient de dessous la terre, et qu'elle n'est pas contente que les voisins du dessus polluent son lot de copropriété. Ses réclamations au syndic sont d'une grande simplicité et faciles à suivre : rouler en trottinette, trier ses poubelles, dormir dehors et surtout ne plus boire trop d'eau, ni ne consommer de viande, poissons, légumes, fruits et autres céréales.

Je mets un arrêt définitif à ce ramassis de complots en tout genre. Ça m'énerve, deux fois. D'abord parce qu'il s'agit de fantasmes à geeks qui ne servent à rien d'autre qu'à discréditer un sujet digne d'intérêt. D'autre part, pour peu que l'on s'intéresse au dit sujet, toutes ces conneries le dénude de toute sa poésie.

Je reviens au plan de mon livre sans motivation aucune.

Les murs viennent de résonner. Très brièvement.

« Putain encore mais c'est quoi cette merde !? »

À nouveau ce bruit d'animal. Il semble toujours provenir de la maison. J'ouvre la fenêtre et inspecte le jardin. Si le bruit venait de dehors, il aurait été étouffé par le triple vitrage des fenêtres.

Ça recommence. C'est dans la maison. Ça ne peut pas être ailleurs. Et rien d'aussi gros n'a pu entrer. Je verrouille systématiquement la porte d'entrée lorsque je me trouve seule à l'étage.

J'inspecte toutes les pièces du premier et descends faire le tour du rez-de-chaussée. Il n'y a rien d'anormal.

Je descends au sous-sol. Une pièce aveugle mais impeccable d'à peine dix mètres carrés qui nous sert de buanderie, où je range des provisions d'épiceries et deux caisses de quincailleries.

Il n'y a pas plus de sanglier ici qu'ailleurs dans la maison. J'ignore si ce grognement est celui d'un sanglier, je ne connais pas le son qu'ils font, mais c'est ce qui me paraît être le candidat le plus probable pour ce genre de bruit.

Il y a bien une trappe hermétique placée au niveau de mes épaules qui donne sur le vide sanitaire. Je n'ai jamais été inspecter ce qu'il y a là-dedans, je n'en ai franchement pas envie mais c'est le dernier lieu, et le plus improbable, où pourrait se loger un animal entre nos murs.

Je retiens mon souffle en tirant sur la poignée. Les jointures couinent par-dessus un silence total. Il y fait noir. Ça sent l'humidité et la poussière. Je n'y vois rien mais ne perçois pas le moindre mouvement. Il ne peut donc pas y avoir de bête là-dedans.

Je récupère une lampe de poche dans la caisse à outils et braque son faible halo à l'intérieur de la trappe en me hissant sur la pointe des pieds.

Quelque chose brille au milieu des roches et des cailloux, qui étincelle dans tous les interstices. Seraient-ce des morceaux de verre cassés ? Cela ressemble à des cristaux dispersés dans tout le vide sanitaire, ça brille partout sauf à un endroit en particulier, où il s'avère faire encore plus sombre mais je n'arrive à rien avec le pauvre rai de lumière que me propose le gadget que je tiens dans la main.

L'interstice est assez large pour que je puisse m'y glisser pour voir plus clair mais plutôt crever que d'aller me fourrer là-dedans. Cet endroit me donne la chair de poule.

Je referme soigneusement la trappe et remonte dans le studio, les mains poussiéreuses, un peu fébrile et essoufflée. Quelque chose en ma conscience se demande si j'ai vraiment envie de pousser mon enquête sur le vide sanitaire, dès lors que je m'empare du spot de tournage sur pied rangé dans le placard.

De retour au sous-sol, je branche l'éclairage à côté de la prise du sèche-linge et braque le projecteur en direction de la trappe. J'ouvre la porte et allume le spot qui illumine l'intérieur du vide sanitaire d'une lumière aveuglante. Je scrute à l'intérieur, les yeux plissés, en attendant que ma vue s'accommode.

Ce ne sont pas des éclats de verre, qui brillaient dans l'obscurité. Ce sont des genres de cristaux. Des pierres semi-transparentes, de différentes tailles, aux reflets pastel. Certaines ne sont pas plus grandes que mon pouce, et d'autres doivent mesurer une vingtaine de centimètres de long. Ces choses semblent avoir colonisé les roches comme des sortes de parasites multicolores. Comme si elles germaient dessus. Elles font danser la lumière dans un manège magnifique qui se reflète… se reflète partout sauf …

Sauf dans la cavité noire. Un trou immense fendu dans la roche. Si sombre que la puissante lumière du projecteur ne peut y pénétrer. Si profond que la cavité paraît infinie.

Soudain, un grognement s'en échappe, énorme, assourdissant, démultiplié par l'écho.

Oh putain !!

Je claque la porte de la trappe, la cognant de tout mon poids sur mon poignet, m'arrachant un cri de douleur qui résonne dans la cave. Je referme la poignée à toute vitesse et attends. Je n'entends rien d'autre que la fureur de mon cœur prêt à exploser.

J'abandonne le spot débranché et remonte en courant à l'étage baigné de lumière du jour.

Dans la salle de bains, je rince ma blessure. Le jet d'eau dégage un filet de sang et révèle une éraflure superficielle de quelques centimètres sur laquelle je m'empresse de verser de l'alcool. Dieu sait quelles saloperies il devait y avoir là-dedans. Je colle un gros pansement sur mon poignet séché avec une compresse.

Je cherche mon téléphone dans studio pour appeler Silvio, le prévenir qu'il y a une bestiole dans le vide sanitaire, qu'il faut faire venir un ... je ne sais pas quoi au juste, mais quelqu'un pour la faire partir.

Silvio est en consultation. Bien entendu.

« Je peux prendre un message ? Je le lui transmettrai avant qu'il ne reçoive le patient suivant.
- Dites-lui qu'il y a un animal sauvage dans le vide sanitaire de notre maison, s'il vous plaît.
- Ah … d'accord, c'est noté. Je lui dirai.
- Merci. »

Sinon je lui dirai dans quelques heures, à cet énième foutu séminaire de neurochirurgie où je dois le rejoindre en bonne épouse qui gère seule des bêtes sauvages dans la maison.

*

Des intervenants chiants comme la mort se succèdent au micro. Je gratte discrètement le pansement que j'ai réussi à camoufler sous un large bracelet en cuir beige. Une pause inespérée entre deux discours. Les convives assis à notre table se lèvent pour aller à droite à gauche. Je peux aborder le sujet du vide sanitaire avec Silvio à qui j'ai à peine eu l'occasion de dire bonsoir, entre les politesses de rigueur aux personnes qu'il m'a présentées et les discours ronflants ponctués de traits d'humour embarrassants à écouter sagement.

« Une bête ? Tu es sûre ?
- Puisque je te le dis. Ça fait un bon moment maintenant que je l'entends beugler régulièrement. Je ne sais pas ce que c'est, mais

il y a manifestement quelque chose. J'ai longtemps cherché. La première fois, j'ai cru que c'était la télé, ensuite je pensais que ça venait de l'extérieur. J'ai enfin réussi à identifier la source du bruit. Et ça n'a pas l'air de te bouleverser.
- Non, je ne suis pas tellement étonné. La maison a été bâtie sur de la roche, il y a des cavités partout dans les falaises autour du hameau. Il y a sans doute des chauves-souris dedans ou peut-être parfois des animaux sauvages qui s'égarent dans ces tunnels, à la rigueur, mais la trappe est en hauteur et bien hermétique donc il n'y a aucun risque de voir des animaux sauvages se promener dans la maison. Pas besoin de faire venir quelqu'un. Si tu me dis que les sons vont et viennent de temps en temps, c'est que l'animal aussi va et vient. Il s'égare dans un tunnel et fait demi-tour. Si ça se trouve, ce n'était pas deux fois la même bête.
- Très bien. Si la situation te convient, ne faisons rien. »

Un nouvel orateur prend le micro sur scène. Je m'excuse et m'éclipse vers les toilettes de l'étage supérieur où il n'y a jamais personne. Je commence à bien connaitre les lieux, comme chaque salle de conférence qui abrite des endroits calmes.

Je gravis le grand escalier en marbre. Un homme en smoking se tient seul en haut des marches, sur le palier désert. Il doit avoir cinquante ans, il est très grand, le visage émacié. Il me fait penser à Christopher Lee dans les films que je regardais en me cachant les yeux dans mon enfance. Il observe mon ascension comme s'il m'attendait avec des yeux noirs et perçants de corbeau. Ce regard insistant me met mal à l'aise, mais je continue de monter les marches en l'ignorant. J'atteins le palier et passe mon chemin sans jeter un regard à cet énergumène qui a laissé sa politesse aux vestiaires.

Alors que je le dépasse, il agrippe mon poignet. Je suis trop surprise pour crier. L'étreinte n'est pas douloureuse, mais ferme. Il ne me relâche pas. D'un geste précis, il soulève mon poignet à hauteur de mes yeux et passe son pouce le long de mon pansement, comme pour me le montrer. Un éclair de colère passe dans ses yeux si noirs.

« Arrêtez ce que vous faites ».

Il a articulé, très distinctement, d'une voix, d'un ton presque aristocratique.

J'essaye de crier mais quelque chose m'en empêche. Je suis bloquée, panique, j'ignore d'où vient l'entrave à mon cri. Ce n'est pas l'étiquette ancrée dans mon inconscient qui m'empêche de faire du tapage. C'est lui, c'est cet homme, ou mon psychisme, ou le sien, qui me paralysent. Car ma bouche entrouverte ne produit que du vide.

Avant que je m'en rende compte, l'homme a déjà descendu les escaliers et disparaît.

*

Silvio baille en conduisant sur la route du retour.

Je ne lui ai pas dit un mot du type croisé dans les escaliers. Je ne sais pas qui il est, mais je crois deviner pourquoi il m'a dit ça.

Je ne pourrai jamais évoquer ce sujet avec Silvio. Il ne comprendrait pas. Et moi non plus, je n'y comprends rien. Et si j'avais envie de parler, tout de suite, Radio Classique a été mis à plein volume dans la voiture.

Il n'y a qu'une seule personne à qui je puisse parler sans jugement. Je sors mon téléphone de ma pochette pour lui envoyer un message tardif.

« Bonsoir Morgan. Est-ce que tu crois que tu pourrais venir demain ? »

Je range mon téléphone et regarde les

étoiles qui défilent.

CHAPITRE 18

Silvio referme le coffre de sa voiture sur son équipement de golf. Je sors l'embrasser.

« Passe une bonne journée.
- Merci chérie. Qu'est-ce que tu vas faire ?
- Je dois travailler ce matin. Et Morgan va venir cette après-midi pour un tournage.
- Bon tournage alors, à ce soir.
- À ce soir mon amour. »

Je me sens comme une merde. C'est la deuxième fois que je lui mens. Si seulement c'était à lui que je pouvais parler, ce serait tellement plus simple. Et plus normal aussi.

Remontée dans mon bureau, je retourne à la rédaction du discours de décembre prochain pour jeunes femmes ayant grandi en foyer.

J'ai du mal à me concentrer. J'ai hâte que Morgan débarque.

Et puis qu'est-ce que je vais bien pouvoir dire à ces jeunes femmes sans passer pour une connasse privilégiée d'avoir eu des parents aimants dans un foyer paisible ? Je m'estime fort mal placée pour leur faire une leçon de quoi que ce soit.

Arrêtez ce que vous faites.

Je lâche mon stylo. Je reste perturbée par le type d'hier dont les paroles tournent en arrière-plan dans mon cerveau.

Arrêtez ce que vous faites.

J'attends Morgan. Je suis incapable de focaliser mon attention sur quoi que ce soit.

Je lève les yeux vers la fenêtre donnant sur la villa inanimée des Moran.

Nous sommes encore là.
Nous ne sommes pas partis.

*

Morgan est un peu ébouriffé lorsqu'il claque la portière de sa voiture.

« Merci d'avoir pu venir.
- Qu'est-ce qu'il se passe ? Tu étais bien énigmatique dans tes textos.
- Il faut que je te montre quelque chose. J'aimerais avoir ton avis. Suis-moi. »

Je le précède dans la maison.

« Ces derniers temps, j'entendais un bruit bizarre, jusqu'à ce que je comprenne d'où il vienne. Silvio m'a expliqué que la maison est construite sur de la roche, et il y a un genre de cavité dans le vide sanitaire.
- Sympa ta vie. »

Je descends les marches du sous-sol en ignorant le sarcasme de mon vidéaste.

« Donc l'animal, ou les animaux venaient de ce tunnel. Là il n'y a plus rien. Aucun bruit. En revanche, il y a un truc assez fascinant que je voulais te montrer. Je n'avais jamais vu ça.
- Fais voir ? »

J'ouvre la trappe et allume le spot que j'avais laissé sur place après ma fuite. Je me pousse pour lui laisser toute la place. Il regarde à l'intérieur sans rien dire, mais quelque chose anime ses yeux.

« C'est dingue, souffle-t-il.
- On dirait des cristaux, non ?
- Oui, ça y ressemble. Il en a partout, c'est magnifique.
- D'accord, mais qu'est-ce que ça fout là ?
- J'en sais rien moi, j'ai jamais vu un truc pareil, pourquoi tu me poses la question ?
- Ben je sais pas.
- Cette conversation ne sert à rien, tu remarqueras.
- J'avoue que c'est l'échange le plus stupide que j'ai eu récemment. »

Morgan ressort la tête de la trappe. Ses yeux sont aussi exaltés que les miens.

« Je vais aller à voir l'intérieur. Tu peux m'éclairer ?
- Je ne vais pas là-dedans moi.
- Non mais toi tu restes ici et tu m'éclaires.

- Oui d'accord mais, Morgan, tu n'es pas obligé d'y aller. Je voulais juste te montrer ce … je sais pas … ces trucs.
- Je veux examiner ça de plus près.
- Fais attention alors.
- Promis. »

Morgan hisse sa silhouette svelte à l'intérieur de la trappe qui l'avale rapidement. J'entends ses deux pieds atterrir ensemble dans la poussière.

« Ça va ?
- Ouais, parfait.
- Qu'est-ce que tu vois ?
- Pour l'instant, la même chose que toi. »

Il s'approche d'une série de cristaux bordant la cavité.

« C'est marrant, ce n'est pas vraiment incrusté dans la roche, on dirait que ça se répand.
- C'est le sentiment que j'ai eu à distance. J'ai l'impression qu'il y en a encore plus qu'hier.
- Je vais voir dedans.
- Dans quoi ? Tu es déjà dedans.
- Dans le trou.
- Pourquoi faire ? Non !
- Je jette un œil, c'est tout, t'inquiète pas.
- Fais gaffe s'il te plaît, regarde où tu vas.
- J'y vois rien à l'intérieur.
- Justement.
- La vache, ça à l'air d'aller loin. »

L'obscurité l'engloutit dès l'instant où il pénètre le tunnel.

« C'est immense » fait l'écho de sa voix contre les parois rocheuses.

Puis il s'enfonce en silence.

« Morgan ? »

Pas de réponse. Je le laisse explorer un peu mais je pense qu'il ne doit rien distinguer du tout. J'aurais dû lui passer la lampe torche, je n'y ai pas pensé.

« Morgan, tu m'entends !? Ce serait mieux avec une petite lampe. »

Pas de réponse. Je l'appelle de nouveau. Toujours rien. J'attends encore un peu. Merde mais qu'est-ce qu'il fabrique ? S'il ne revient pas je vais devoir y aller pour le chercher. Je n'en ai vraiment pas envie, il …

« Ah te voilà ! »

Il ressort doucement de la cavité. Je devine quelque chose d'étrange, dans son expression. Ses yeux verts sont grands ouverts. Je ne les avais jamais vus aussi grands. Ils ne clignent pas.

« Ça va Morgan ? »

Il ne répond pas. Il avance d'un pas d'automate vers la trappe qui encadre son visage devenu livide, un masque mortuaire. Il se glisse hors du vide sanitaire comme un somnambule, comme si quelqu'un lui tirait les ficelles aux articulations, tant son regard agrandi demeure amorphe.

Lorsqu'il me fait face une fois sur ses deux pieds, il semble habité d'une terreur inouïe. Je pose mes mains sur ses épaules osseuses et le secoue doucement.

« Hey ! Mon grand, regarde-moi. Qu'est-ce que tu as vu ?
- Faut ... faut que je rentre ... chez moi », bégaye-t-il en me contournant mollement.

J'agrippe une manche de sa chemise.

« Mais parle-moi enfin ! »

Il m'ignore et remonte mollement les escaliers devant moi tel un sac de chiffons à forme humaine.

« Il est hors de question que tu partes maintenant. Tu n'es pas en état. Tu ne partiras pas tant que tu n'auras pas repris des couleurs. Tu m'écoutes ? »

J'ai beau protester, essayer de le retenir, il continue d'avancer, imperturbable, inanimé et mobile à la fois. On le croirait téléguidé. Il me tourne le dos.

Je ne le revois de face que lors de la marche arrière au volant de sa voiture, qu'il effectue en regardant droit devant lui dans un état proche de la catatonie.

CHAPITRE 19

Silvio s'occupe de faire griller la viande sur le barbecue, secondé par Bertrand Pons. Notre voisin, plus expert dans ce domaine, lui donne un coup de main bienvenu.

J'ai dressé la table du jardin au bord de la piscine. J'enchaîne les tentatives de conversations avec France mais cette dernière les étouffe sitôt que je les lance en restant le plus polie possible. Un numéro d'équilibriste qui, je l'avoue, est assez admirable.

Elle me déteste toujours autant. C'est ce que je craignais lorsque Silvio a voulu les inviter à déjeuner.

« Tu verras, m'avait-il rassurée, c'était peut-être passager, ça a pu lui passer. »

Et non, pas du tout. Heureusement, Jules, l'un de leurs deux fils en visite ce week-end est de la partie avec sa petite amie anglaise, et France ne s'adresse quasiment qu'à eux, ce qui permet de dissimuler le malaise. Bien que la jeune fille ne parle pas un mot de français et que France doive se débattre avec un très mauvais anglais que son fils doit retraduire derrière, ça les occupe.

Et tant mieux. Je ne suis pas d'humeur bavarde aujourd'hui. À vrai dire, je ne suis jamais vraiment d'humeur bavarde, mais je suis très préoccupée par Morgan.

Il ne répond pas au téléphone. Je n'ai pas pu le joindre depuis qu'il est reparti hier et cela m'inquiète tant que j'ai encore très mal dormi. Je dois partir demain pour Genève et ce voyage va être un enfer si Morgan n'a pas décroché avant.

Je consulte discrètement mon portable mais n'ai reçu aucun nouveau message.

Je fais abstraction du froid que France a jeté entre elle et moi, car il ne se voit pas au cours du repas. Malgré cela, tout le monde a l'air de passer un bon moment.

« Qui veut de la tarte Tropézienne ? »

A peu près tout le monde, m'indique le brouhaha qui précède ma question. Je quitte ma chaise et reste plantée là, debout, le regard levé vers la montagne derrière la maison.

Au loin, et dans le plus simple appareil, un homme immense, mince et noueux, nous observe, perché sur le devant d'une grotte. Je ne sais comment me l'expliquer, mais je sais que c'est moi qu'il regarde.

Une lourde main se pose sur mon épaule.

« Ça va Gloria ? »

Je me retourne vers Bertrand qui me considère, les yeux pleins de malice, sur le point de prononcer une énième boutade, qui me font sourire d'habitude mais …

« Je … non je … »

Je pointe le nudiste du doigt. Je m'aperçois que je ne montre rien, que le type a disparu.

« Non, il est parti !
- Qui est parti ? demande Bertrand.
- Il y avait un type, là-haut. Devant cette grotte-là, vous voyez ?
- Où ça ? fait Silvio.
- Là, mais peu importe, il a disparu.
- Peut-être un chasseur, avance Bertrand. Il était habillé comment ?
- Il n'était pas habillé du tout, c'est ça le problème ! »

La panique m'a rattrapée à revers, je n'avais pas prévu de rugir ma réponse dans une hystérie terrifiée qui ne me ressemble pas. Toute la tablée, stupéfaite de me voir dans un tel état, se lève pour regarder vers la montagne à la recherche du mec à poil, France comprise. Seule l'anglaise à qui l'on n'a encore rien traduit porte son regard affolé en tous sens. Silvio rentre à grand pas dans la maison et en ressort quelques secondes plus tard muni de ses jumelles. Il les chausse et explore le pan de montagne.

« Tu le vois ? je demande. Il était là-bas, vers la droite.
- Attends, je cherche.

- Le Cap d'Agde c'est beaucoup plus loin, le mec s'est planté, plaisante Bertrand.
- C'est sûr. Déjà que les naturistes me foutent un peu les jetons avec leur chair flasque et leurs attributs qui se baladent, mais là c'est de loin le nudiste le plus flippant qui puisse être.
- Je ne vois rien », conclut mon mari en relâchant son appareil.

La petite amie anglaise fouille la montagne du regard sans savoir ce qu'elle est supposée chercher. Elle enjoint Jules à lui expliquer ce qui se passe.

« Alors, euh… » hésite ce dernier, un peu gêné, avant de lui traduire la situation.

Chacun regagne sa place. J'essaye tant bien que mal de faire bonne figure, de chasser l'image dérangeante qui s'imprime dans mon cerveau à mesure que je cherche à l'en éloigner.

Il faut que je passe à autre chose, j'ai des invités.

« Qui a envie de Champagne avec le dessert ? »

*

En fin d'après-midi, Silvio fait des longueurs dans la piscine. Je l'aurais bien rejoint. Bientôt, il fera trop froid pour se baigner pendant de longs mois, mais je dois terminer de préparer ma valise pour mon départ à Genève demain matin. J'y jette ma trousse à maquillage en songeant qu'il faudrait tourner une vidéo sur l'art de d'organiser les valises en fonction de leur format.

Je me rends de compte que j'ai oublié Morgan, depuis la fin du déjeuner. Depuis que j'ai vu le type à poil dans la montagne. Ce dernier a gardé mon cerveau occupé, en plus du rangement au départ des voisins et la préparation de mon voyage.

Je laisse tout en plan, assise sur le fauteuil du dressing, et j'essaye de le rappeler. Ça sonne encore dans le vide. Au moins, ça sonne encore, son portable est toujours allumé. Je lui laisse un cinquième message en lui demandant de me rappeler et retourne à mon paquetage.

En me levant, j'entends un bourdonnement d'électricité, toujours ce même bruit sourd, plus ou moins fort. Une insupportable vibration qui traverse les murs et résonne dans mon corps tout entier. J'ouvre une fenêtre donnant sur la piscine et interpelle Silvio qui glisse dans l'eau en dos crawlé. Je dois m'égosiller plusieurs fois avant qu'il ne m'entende. Il finit par sortir la tête de l'eau en se secouant les cheveux.

« Quoi ? Tu m'as appelé ?
- Tu entends ?
- De quoi ?
- Un genre de vibration. Tu l'entends ? »

Silvio tend l'oreille, à l'affût.

« Non. Pourquoi, c'est quoi ?
- Je ne sais pas, justement. »

Et cela vient juste de s'arrêter.

*

Malgré le Lexomil avalé pour m'assurer de bien dormir en veille de voyage matinal, le sommeil ne vient pas. Silvio, lui, n'a jamais besoin de rien pour s'endormir, ses journées suffisent à l'assommer.

La vision de l'homme noueux devant la grotte me revient par flashes dès l'instant où j'ai le malheur de fermer les paupières. Il me regardait. Cette idée ne cesse de me révulser d'un innommable dégoût, d'une indicible peur.

Serait-ce cette … cette chose, que Morgan a vu dans la cavité du vide sanitaire ? Est-il tombé face à face avec cet individu effrayant ?

Et si c'est bien cela, alors je comprends qu'il soit traumatisé.

CHAPITRE 20

L'avion décolle. J'observe la manœuvre bizarre vers la mer pour revenir au-dessus de Nice par le hublot et pousse un petit soupir.

Je me sens étrangement paisible, depuis quelques minutes. Je me méfie de cette sensation, pourtant. Elle n'a pas de quoi me réjouir. Parce que ce soulagement découle de ce que je m'éloigne de chez moi.

*

Je remercie le bagagiste qui ressort de ma chambre d'hôtel et me laisse tomber sur le lit. Je garde les yeux ouverts, parfaitement heureuse et détendue au milieu de cette chambre moelleuse aux tons pastel, les bruits de la ville en sourdine derrière les vitres. Je reste allongée de longues minutes, savourant ce sentiment de paix. Je ne me souviens pas de la dernière fois où j'ai ressenti une telle quiétude.

Je frotte mes yeux cernés par ces dernières semaines, ces derniers mois peut-être. Allez ma grande, il faut que tu te lèves. Je me dépêche de me rafraichir et me changer, l'interview convenue pour un media genevois est prévue pour dans quarante minutes dans le salon de thé de l'hôtel.

Encore ici, il faut se presser.

*

Les questions très nunuches de la journaliste m'exaspèrent, mais je fais preuve d'élégance. Je m'attendais surtout à parler de Nonchalante. Or, après un brief sur le déroulé de mon séjour professionnel ici, j'en viens à répondre à une sorte d'interrogatoire sur des thématiques beaucoup plus personnelles auxquelles je ne suis pas habituée.

« Nos lecteurs sont férus d'astrologie pour la plupart, puis-je savoir de quel signe vous êtes ?
- Vierge.
- Ah, très bien.
- Ah oui ?
- Oui.
- D'accord. »

Si je n'avais pas voulu répondre à cette question, elle aurait réussi à trouver l'information quelque part et se serait sans doute passée de ma permission.

« Connaissez-vous le test MBTI ?
- Oui. Je l'ai fait quand j'ai été diplômée. Le directeur des ressources humaines de mon premier emploi avait tenu à me le faire passer.

- Vous vous souvenez du résultat ?
- Oui, Architecte. »

Elle fronce les sourcils. Je n'aurais peut-être pas dû dire ça mais je ne connais pas les dénominations des autres personnalités, si je lui en lance une de mémoire au hasard sans avoir lu la définition, je risque de me présenter comme une bouffonne.

« Donc, Gloria, pouvez-vous me dire en quoi l'élégance est bénéfique ? »

Je me demande si je dois la faire en version honnête, celle-là aussi. Et toi ? Tu préfères un champ de lavande ou un local poubelle ? Tu préfères quoi entre l'harmonie et le dégueulasse connasse ?

Je souris posément pour la réponse diplomatique.

« Je considère l'élégance comme une valeur à part entière, elle est une manière de cultiver le beau et l'harmonie. C'est plus qu'un concept abstrait ou subjectif, c'est une philosophie qu'il faut préserver. Je pense que la société en a besoin. »

Okay Miss France, et la paix dans le monde, avec une grande frite et un Coca sans glaçons s'il vous plaît.

Quel ramassis d'inepties cette interview, quelle perte de temps. Si j'avais su, j'aurais pu m'octroyer une longue sieste à la place, une sieste sans dormir comme je sais si mal les faire …

*

À la sortie d'une boutique de bougies artisanales du vieux centre-ville, je tente de recontacter Morgan. Sans trop d'espoir, cette fois-ci.

À ma grande surprise, ça décroche à la seconde sonnerie.

« Allô ? », fait une voix féminine.

Mon coeur bat à tout rompre. Qui ce soit au bout du fil, je n'ose pas parler, car j'ai peur d'entendre. Il faut que je m'adosse à un mur.

« Qui êtes-vous ?
- Je suis la soeur de Morgan. Vous êtes Gloria, n'est-ce pas ?
- Oui c'est moi. »

Il est arrivé quelque chose à Morgan. C'est ma faute. Jamais ne pourrai le supporter.

« Mon frère se repose, il a eu un petit incident cardiaque samedi soir, on ne comprend pas trop pourquoi ni comment. Rien de grave au final, plus de peur que de mal, mais mon frère a été sommé de se reposer quelques temps chez lui. »

Je titube de la montagne russe qui vient de me rouler sur le corps. Morgan est vivant ... Merci mon Dieu ... Je reste muette, je n'arrive pas encore à parler.

J'entends soudain Morgan en arrière-plan questionner d'une voix un peu amorphe :

« C'est qui ? C'est Gloria ? Passe-la-moi.
- Ah tu es réveillé ? fait sa sœur. Tu ferais mieux de finir ta sieste, on avait dit une …
- Passe-la-moi d'accord ?
- Bon, soupire-t-elle, tiens, mais pas longtemps hein ?
- Gloria ? T'es là ?
- Oui Morgan. Je ne sais pas par où commencer, je suis désolée, comment tu te sens ?
- Ça va, à peu près, déclare-t-il d'une voix faible. Tu n'as pas à t'inquiéter, ça va aller mieux... Je reprendrai le boulot dès que j'aurais récupéré.
- Morgan, je m'en fous, c'est la dernière chose à laquelle je pense. »

Il ne m'écoute pas et poursuit sur sa lancée.

« En attendant, je vais voir avec une copine si elle peut me replacer pour le tournage des prochaines vidéos. Bon je dois raccrocher, il faut que dorme.
- Remets-toi bien, Morgan. Si tu as besoin de quoi que ce soit, tu m'appelles. »

Je n'ai pas eu l'occasion de lui poser de questions sur ce qu'il a pu voir dans le vide sanitaire. Je ne suis pas certaine que j'aurais osé lui en parler tout de suite. Je range mon téléphone sans savoir sur quel pied danser, entre l'inquiétude persistante et le soulagement intense.

Je vois l'heure sur une vieille horloge incrustée sur un immeuble en pierre. Si elle est bien exacte, ce qui est probable car nous sommes en Suisse, j'ai tout juste le temps de rentrer me changer à l'hôtel avant la conférence de ce soir.

*

La salle est ravissante. Cette vaste pièce ornée de moulures dorées est remplie d'immenses bouquets de fleurs fraiches. Une moquette moelleuse et impeccable amortit mes talons aiguilles. Une soixantaine d'adolescentes et de jeunes femmes sont venues me rencontrer et écoutent religieusement mon discours, confortablement assises sur des fauteuils tapissés. Cela fait longtemps que je ne n'avais pas ressenti autant d'aisance durant une conférence, autant de bonheur de parler en public. Ces derniers temps, j'avais manqué de cœur, ou d'élan, peut-être les deux, dans mon entreprise. Peut-être est-ce dû au fait que je suis loin de chez moi, mais j'évite d'y penser.

« Je parle souvent de confiance en soi comme d'une évidence. Or, ce n'en est pas une. Bien au contraire. Cela exige beaucoup d'efforts, au début. Et tout commence par un travail sur soi. »

Quelques jeunes filles prennent des notes, d'autres filment discrètement.

« La première chose à faire est d'apprendre à se connaître, s'analyser, repérer nos freins qui se trouvent souvent dans nos complexes. Lorsqu'on les a identifiés, la seconde étape est de travailler à les aplanir, à défaut de les gommer complètement. »

Je ménage une pause de quelques secondes pour éviter de déblatérer trop vite ces nombreuses informations par égard pour les jeunes filles qui notent mes propos. Je n'aimerais pas qu'elles ressortent avec des tendinites.

Je balaye un instant du regard cet auditoire bienveillant suspendu à mes lèvres quand mes yeux reviennent au bout d'une rangée où une incohérence m'a interpellée alors que j'ai déjà repris la parole.

C'est qui ces deux-là ?

« L'acceptation de soi est un chemin pénible lorsque l'on part de loin, quand on ne s'aime pas du tout ... »

Deux hommes vêtus de costumes noirs écoutent mon discours assis au bout d'une rangée du milieu. Et ils sont très ... étranges. Leur aspect est perturbant. Je n'arrive pas leur donner d'âges, ils paraissent avoir le même. Ils ont le teint olivâtre, maladif, leurs bouches un peu rouges, légèrement brillantes, on dirait ... On dirait qu'ils ont mis du rouge à lèvres.

« ... c'est un ... un ... une prise en main indispensable pour ... pour la suite. »

C'est une catastrophe. Je ne fais que bégayer tandis qu'ils me fixent de leurs minuscules yeux perçants. Ça va finir pas trop se voir, il faut que je me calme. Il faut que je regarde ailleurs.

« Excusez-moi », fais-je en souriant.

Je bois une gorgée du verre d'eau mis à ma disposition. Ainsi l'assistance pense que mon bégaiement était dû à un manque d'hydratation. J'en rajoute une couche, d'une voix plus franche :

« J'ai été trop bavarde pour m'apercevoir qu'il fallait que je m'hydrate. Et que je pense aussi à respirer. »

J'ai perdu mon fil, perturbée. Je rebondis néanmoins avec un opportunisme crasse en déclarant :

« Vous voyez, ceci est un bon exemple pour ce qui vient ensuite : il ne faut pas trop s'écouter, mais il faut être attentif aux signaux. Le soin de soi et de sa santé fait partie intégrante d'une vie plus élégante, même si ce ne sont pas ce que les autres vont remarquer en premier. Pourtant, c'est fondamental. »

Je jette un rapide coup d'œil oblique vers les deux types en espérant qu'ils aient disparu. Qu'ils provenaient juste de mon imagination.

Ils sont toujours là.

Ils me regardent.

Je prends une grande inspiration et décide de les ignorer tout en sentant mon cœur battre à tout rompre. Ce que je choisis d'ignorer aussi.

« Donc, poursuivons… ».

*

L'organisatrice qui m'a rejoint sur l'estrade achève de faire le relai entre le public et moi.

« Bien, Mesdemoiselles, Mesdames, dit-elle, nous allons nous arrêter avec les questions pour ce soir. Gloria, merci encore pour cette conférence.
- C'est moi qui vous remercie, j'ai été honorée de vous rencontrer ce soir. Et je reviendrais à Genève avec joie. Merci à toutes, du fond du cœur. »

L'audience applaudit.

Lorsque les acclamations se tarissent, une nuée de jeunes filles se lèvent et s'amassent devant moi pour réclamer des selfies. Je déteste ça mais me prête à l'exercice en souriant.

Mes yeux roulent en toutes directions durant une seconde inespérée sans photos à la recherche des deux hommes. Leurs chaises sont vides … mais ils sont toujours là. Se tenant droits, debout, dos au mur, côte à côte, m'observant sans que personne ne semble constater leur présence incongrue.

J'essaye de déglutir mais je n'ai plus de salive.

*

L'assemblée est passé à la salle de réception attenante pour le cocktail, dont le décor encore plus majestueux est devenu la moindre de mes préoccupations. Je me trouve accaparée par chaque personne que tient à me présenter l'organisatrice. Un jeune styliste de Zurich, un directeur d'école hôtelière, une mannequin, la liste n'en finit pas. Je leur réponds avec politesse tout en cherchant discrètement la trace les deux hommes. Je ne les ai pas revus depuis un moment.

Je crois qu'ils sont partis.

*

Il est minuit passé lorsque les portes de l'ascenseur s'ouvrent sur le couloir moquetté menant à ma chambre.

Soudain, je me sens épiée dans le couloir pourtant désert. Ça n'a pas de sens, il n'y a personne. Je ne peux m'empêcher de me demander si les deux types ne m'auraient pas suivie depuis la sortie de la conférence. Ils auraient pu m'attendre dehors. Je n'ai distingué véhicule aucun semblant suivre mon taxi du retour. Je pense qu'ils ne savent pas où je suis. Je ne sais même pas ce qu'ils veulent.

Je prends une longue douche chaude qui ne parvient pas à me défaire de toute cette tension.

De retour dans la chambre, j'ouvre grand les rideaux sur les lumières citadines de la nuit calme. Je suis trop oppressée, m'allonger dans la pénombre risque d'aggraver mon angoisse.

Je veux appeler Silvio mais me contente de lui envoyer un texto car téléphoner serait peine perdue. Il dort à cette heure-ci. Il a de la chance.

Je pose la tête sur un gros oreiller. J'essaye de clarifier tout ce que j'ai à l'esprit, classer par la pensée chaque évènement singulier de ces derniers temps. Il s'est passé trop de choses inexpliquées pour mon esprit rationnel.

Et en cet instant, je comprends.

Je comprends qu'il se passe vraiment quelque chose avec ces voisins dont on ne sait pas s'ils sont américains.

Avec ces grottes d'où sortent des individus et les bruits étranges.

J'ai beau essayer de relier ces phénomènes sans que rien de tout cela ne tienne ensemble. Trop d'incohérences s'accumulent, mais qui n'ont rien à voir les unes avec les autres.

Ou bien alors ... Est-ce que Silvio aurait vu juste dans ses suggestions ? Serais-je tout simplement trop stressée ? Si je considère cette hypothèse en toute honnêteté, je reconnais que tout s'est déroulé à une vitesse excessive dans ma vie ces dernières années. C'est comme si je n'avais pas eu le temps de réfléchir à quoi que ce soit, que j'avais été dans l'urgence permanente, propulsée par un besoin pressant d'avancer et laisser mes échecs le plus loin possible derrière moi. Combien de fois me suis-je dit qu'il faudrait penser à essayer la méditation, au moins quelques minutes par jour, remettant chaque fois cette idée au lendemain par manque de temps ? À quand remonte ma dernière nuit de huit heures ?

Après tout le Docteur Rizzo avait pensé à un Burn out.

CHAPITRE 21

Je descends accueillir la copine vidéaste freelance que Morgan m'a envoyée. Elle le remplacera pour les tournages le temps qu'il se sente mieux. Une blonde de l'âge de Morgan aux cheveux filasses et aux vêtements informes et colorés sort de la voiture le visage fermé, hissant une lourde sacoche sur son épaule.

« Bonjour. Vous devez être Julia, dis-je en lui tendant une main qu'elle serre mollement. Enchantée.
- Oui, c'est moi. Bonjour.
- Comment va Morgan, vous avez des nouvelles ?
- Hein ? Non, je sais pas. »

Elle a l'air de s'en cogner complètement, ce qui me surprend.

« Morgan m'a dit le plus grand bien de vous.
- Ah ouais ? Bah on se connait pas tant que ça. On était dans la même promo, on est amis sur Facebook mais c'est tout. On n'a jamais été proches.
- Je vois … Voilà, c'est par ici. Ça va aller ? Vous voulez que je vous aide pour porter votre matériel ?

- Non ça va. »

    Charmant.

Julia installe son matériel dans le studio dans une mauvaise humeur manifeste. Peut-être qu'elle s'est disputée avec son petit copain, ou qu'elle est partie de chez elle en catastrophe, ou aurait enchaîné les tournages sans avoir eu le temps de déjeuner.

« Est-ce que vous voulez boire ou manger quelque chose ? Je peux vous préparer un …
- Non c'est bon. Je suis prête. On y va ?
- Euh … oui. Oui bien sûr. Allons-y. »

J'hésite à me positionner debout devant le paravent qui sert de décor aux tournages ou sur mon fauteuil. Je me sens raide comme un piquet, mieux faut faire la vidéo assise.

« Ça tourne. »

J'affiche mon sourire de circonstance mais je sens crispée.

« Bonjour, et bienvenue sur la chaîne Nonchalante. Je suis Gloria, et aujourd'hui, je vais vous apprendre à vous présenter de façon distinguée dans une ambiance décontractée. Alors allons-y ! Règle numéro un : il y a certaines choses qui doivent être impeccables en toutes circonstances, et cela passe déjà par des ongles faits. »

Je viens de voir la réalisatrice lever ostensiblement les yeux au ciel. Un rapide coup d'œil m'apprend qu'elle a la fâcheuse manie de se ronger les ongles. Peu importe, je poursuis :

« Cela vaut aussi pour votre chevelure. Vous devez avoir les cheveux propres, même n'êtes pas spécialement coiffée à la perfection. Rappelez-vous toujours que ce n'est pas parce qu'une tenue est décontractée qu'elle ne doit pas être soignée. »

Je viens d'entendre Julia soupirer. Carrément. Je fais de mon mieux pour faire abstraction de son attitude inacceptable, d'un seul trait jusqu'à ma conclusion.

« Il faut refaire des prises ou c'est bon ? lâche-t-elle d'un ton morne.
- C'est bon. »

Je la laisse remballer en rappelant Émilien.

« Salut Émilien. Excuse-moi, j'étais en tournage. Ça va ?
- Ouais, moi ça va ...
- Ah non ... ne me dis pas qu'il y a encore quelque chose !?
- Alors ...
- Putain Émilien mais t'es un corbeau c'est pas possible ! C'est quoi encore ?
- Tu tires sur le messager là ...
- Oui ... pardonne-moi ... mais avoue quand même ...
- Je sais, ça fait beaucoup ces derniers temps. Sauf que là ... C'est un peu plus préoccupant.
- Je t'écoute. »

Je sens une migraine venir se loger dans mes sinus, et mes épaules se raidir dans l'attente de ce qu'Émilien a à m'annoncer. Il prend son élan, lui aussi.

« Tu as reçu une déferlante de menaces de mort de trolls divers et variés. Dans des commentaires sous tes vidéos. Je les ai toutes effacées mais avant ça j'ai conservé les impressions d'écran pour les preuves.
- Les preuves ...
- Oui, Gloria, il faut que tu ailles à la gendarmerie avec ça. C'est trop grave, tu dois porter plainte.
- Attends ...
- Est-ce qu'il s'est passé quelque chose de particulier dernièrement ? Parce que tout a déferlé d'un coup.
- Je ne sais pas ...
- Gloria ? Il faut que tu agisses. Je m'inquiète pour toi, là, vraiment. »

Je suis abasourdie. Des menaces de morts, je n'en avais encore jamais reçu. Des insultes oui, pas de problème, c'est normal, même si ce n'est pas censé l'être.

« C'est quoi les menaces ?
- Je viens de tout t'envoyer par mail. Fais-moi plaisir : imprime tout ça et va voir les flics.
- Mais ça dit quoi ?
- Beaucoup de choses, Gloria ... mon Dieu, j'ai vraiment pas envie de dire ça à voix haute.
- Dans les grandes lignes ?

- Dans les grandes lignes, ça détaille tout un tas de sévices que l'on compte te faire subir, qui vont du viol à la décapitation … et, ajoute-t-il la voix tremblante, et j'en passe, Gloria. »

Émilien semble aussi choqué que moi. Je mets le plus d'assurance possible dans ma voix.

« Je me doutais que cela devait finir par arriver un jour ou l'autre. C'est basique quand on a une notoriété, même si celle-ci reste assez relative. Mais tout ça, ce ne sont que des mots de deux trois imbéciles planqués derrières des écrans.
- C'est fort possible, mais quoi qu'il en soit, tu dois aller porter plainte immédiatement.
- Je vais sans doute le faire, laisse-moi déjà digérer toutes ces informations pour y voir un peu plus clair.
- Tu fais ce que tu veux, mais ne tarde pas, Gloria.
- Je te tiens au courant, promis. »

La migraine enfle le côté gauche mon cerveau. Julia est debout devant la porte, prête à prendre le large. Sans pouvoir entendre mon Community Manager, elle n'a toutefois pas manqué une miette de la conversation.

« Qu'est-ce qu'il se passe ? demande-t-elle.
- Pas grand-chose. Des idiots qui me menacent sur internet.
- Je vois, fait-elle avec un sourire narquois, c'est le revers de la médaille, il ne peut pas y avoir que des avantages.

- Bien sûr. »

    Je respire un tout petit peu mieux, une fois Julia partie. Plus jamais je ne veux avoir à faire quoi que ce soit avec cette conne.

CHAPITRE 22

Quelques gouttes de pluie s'écrasent sur mon pare-brise alors que je roule vers Mandelieu pour rendre visite à Morgan. La pluie rajoute à mon anxiété. L'autoroute A8 ne plaisante pas lorsque des trombes d'eau décident de s'abattre dessus, surtout lors des interminables virages en montée.

« Si on peut rester sur des gouttes, ce serait pas mal, merci », dis-je au ciel à voix haute.

Je décroche à Denis qui m'appelle en surveillant la densité de la pluie.

« Gloria, je viens de raccrocher avec Émilien au sujet de la vidéo que tu as tournée il y a trois jours avec la personne qui remplace Morgan.
- Oui, elle s'appelle Julia.
- Julia est nulle à chier.
- À ce point ? Parce qu'elle avait déjà une attitude à chier.
- C'est catastrophique, le travail qu'elle a rendu. C'est à la limite du sabotage.
- C'est sans doute fait exprès, ma tête ne lui revient pas, le contenu de mes vidéos non plus, elle me l'a bien fait comprendre en non-verbal.

- En tout cas, ce n'est pas du tout professionnel. Ni fait ni à faire. Je ne mets pas ça sur ton site, je suis désolé.
- Oui j'ai bien compris que c'était foutu. Il faudra la recommencer.
- Oui, tant pis. Parce que ça fait pas sérieux.
- Tu m'envoies la vidéo que j'y jette un œil par curiosité ? »

Je m'arrête sur le parking de la première station-service et lance la vidéo sur mon téléphone. C'est mal cadré, mal éclairé, il y a des gros plans bizarres, comme si Julia avait voulu se focaliser sur mes défauts. Mon grand nez semble le principal protagoniste de cette production foutue.

Je repose mon portable sur son socle. Qu'à cela ne tienne, je vais mettre les tournages en pause, le temps que Morgan soit remis, peu importe le temps que ça prendra. Ce sera un mal pour un bien. J'ai tellement d'autres casseroles sur le feu que ça ne fera pas de mal de m'arrêter un peu.

Une ombre recouvre d'ombre l'habitacle. Une Berline noire frôle ma voiture, de très près. Son conducteur tourne lentement la tête vers moi et je cesse de respirer.

Je n'en suis pas certaine, je ne peux l'affirmer avec exactitude, mais cet homme ressemble à l'un des deux types étranges de Genève. Il m'observe avec un demi sourire malsain depuis sa vitre baissée, le temps qu'il longe ma voiture. Il ne s'arrête pas à ma hauteur. Il passe son chemin pour rejoindre d'un coup l'autoroute à toute vitesse.

J'attends de retrouver un rythme cardiaque normal avant de redémarrer.
J'attends longtemps, histoire de placer une bonne distance entre nos deux véhicules.

*

Je n'ai pas été suivie jusqu'à Mandelieu. J'ai bien inspecté tous mes rétroviseurs.

Je pénètre dans le hall moite de la résidence tentaculaire où vit Morgan. Mes pas résonnent sur le carrelage. Je sonne à l'interphone, pousse la porte du sas et choisis de monter jusqu'au troisième étage par les escaliers aveugles plutôt que l'ascenseur anxiogène. Un peu essoufflée, je m'aventure d'un pas hésitant dans un couloir tapissé d'une fine moquette râpeuse et m'arrête devant une porte entrouverte.
« C'est ouvert, tu peux entrer », annonce Morgan depuis l'intérieur.
La salle de séjour est minimaliste, ouverte sur une cuisine américaine en noir blanc et gris. Tout un coin de la grande pièce est occupé par le bureau de Morgan avec son matériel de montage.

Ce dernier est affalé sur le canapé. Je ne l'avais jamais vu pas rasé. Ni avec des cernes. Ses quelques cheveux blancs épars non plus, je ne lui avais jamais vus. Il a une mine épouvantable mais je choisis de mentir.

« Tu as l'air en forme ! ... Comment tu te sens ? »

Je fouille mon cabas à la recherche d'un livre collector sur Stanley Kubrick que je lui a acheté à Genève et pose le cadeau sur ses genoux amaigris.

« Je reprends doucement des forces. On ne sait pas trop ce que j'ai eu exactement. Merci pour ton cadeau, c'est cool. »

Je ne sais pas si c'est une bonne idée d'en parler ou pas, mais il faudra bien lancer le sujet un jour ou l'autre.

« Est-ce que tu penses que ... que ce qui t'est arrivé ... Tu crois que ça peut avoir un rapport avec ce qu'il s'est passé dans le vide sanitaire ? »

Morgan examine le livre déballé sans me répondre. Un peu trop longtemps.

« Morgan ... Qu'est-ce que tu as vu là-dedans ? »

Son expression change brutalement. Ses yeux s'agrandissent de terreur, son visage devient cireux, comme paralysé. Je panique.

« Morgan ... Ça ne va pas ? Qu'est-ce qu'il t'arrive ?
- Je ne peux pas le dire, je n'ai pas le droit. »

Je ne comprends rien. Il tourne vers moi ses yeux vidés par une peur monstrueuse et, dans un murmure implorant, répète :

« Je n'ai pas le droit de le dire. »

*

Négociant enfin la route entre les montagnes désertiques au crépuscule, j'ai l'esprit encore embrumé d'interrogations hallucinantes. Mon Dieu mais qu'a bien pu voir Morgan d'aussi terrifiant ? Et qui, surtout, qui lui a interdit de parler ? Il a communiqué avec quelqu'un là-dedans, il a vu quelqu'un dans le vide sanitaire. Dans les murs de ma maison.

Un point sombre grossit dans mon rétroviseur au sortir d'un virage. Un véhicule sombre qui avance vite, se rapproche d'un peu trop près.

« Oh putain ! »

Une Berline noire. Et, dans la ligne droite dans laquelle j'accélère, en émerge une deuxième, juste derrière.

Suivie d'une troisième.

Qu'est-ce que c'est que ce bordel !?

Soudain, la voiture derrière moi accélère. Non ... Un choc. Elle percute délibérément mon parechoc arrière. Il faut que j'arrive à lire sa plaque mais la route devient trop dangereuse, le ravin est juste à ma droite. La seconde voiture a quitté la voie de droite et dépasse la ligne blanche pour me dépasser par la gauche. Je ne vois pas qui conduit, je comprends simplement que …

Elle me tamponne par le côté. Le ravin putain ! Le ravin !…

La voiture poursuit sa route en contre sens côte à côte avec la mienne alors que je parviens à me redresser à grands coups de volant. Tiens bon, vas-y, conduis …

Plus que quelques mètres avant le panneau d'entrée de Panthier-en-Provence. Nouveau choc par derrière. J'accélère à l'embranchement qui mène au village et klaxonne sans discontinuer. Ici je sais qu'on m'entendra de loin, dans les petites maisons de villages serrées les unes contre les autres.

Peu importe qui ils sont mais ils l'ont compris. Les trois Berlines opèrent un rapide demi-tour et disparaissent dans des crissements de pneus aigus.

Je parcours le reste du trajet en suffoquant, à une vitesse déraisonnable de peur qu'ils ne changent d'avis et fassent demi-tour pour revenir me tamponner.

Ils ont cherché à me tuer.

*

Je sursaute lorsque s'allument les lumières du salon. Je ne me suis pas rendue compte que la nuit était tombée.

Je suis restée recroquevillée et tremblante sur le canapé depuis que je suis rentrée. Silvio se précipite vers moi.

« Gloria ! Tu n'as rien ? Oh mon Dieu … Qu'est qui est arrivé à ta voiture, elle est toute cabossée sur le côté, le parechoc arrière est défoncé … Tu n'as rien ? »

Je secoue la tête. J'ai du mal à parler.

« Gloria, parle-moi. »

Je me redresse douloureusement.

« Il y a trois voitures qui m'ont tamponnée exprès sur la départementale.
- Comment ça ?
- Comme je viens de te le dire. Trois Berlines noires qui ont essayé de me faire avoir un accident.
- C'est insensé ! »

Silvio fait les cent pas, agité.

« Mais tu as vu les conducteurs ?
- Non, les vitres étaient teintées. Je ne pouvais pas regarder, la route était trop dangereuse, j'essayais de m'échapper pour en sortir vivante, j'ai pensé à essayer de lire les plaques mais j'ai dû choisir entre ça et la vie.
- Tu vas à la gendarmerie demain à la première heure, ordonne-t-il. »

Il est bouleversé. Je ne l'ai jamais vu dans cet état.

« Oui, j'irai demain matin ... Silvio ?
- Oui mon amour ?
- Tu voudrais bien venir avec moi ?
- Avec toi comment ça ?
- M'accompagner à la gendarmerie demain ?
- Je ne peux pas ma chérie, je regrette. J'opère toute la journée demain. »

Cela aurait été trop beau. J'ai posé la question sans y croire un seul instant.

« Est-ce que ... dit-il, penaud. Est-ce que tu veux que j'envoie un assistant pour t'accompagner ? Au moins tu ne seras pas seule ? »

Je me lève du canapé.

« Non, merci. Ça va aller. »

*

Trois heures du matin et je n'en finis plus de me retourner dans le lit. Le sommeil a eu raison de l'inquiétude de mon mari qui s'est endormi comme à son habitude.

Cela ne fait aucun doute. La voiture qui s'était arrêtée près de moi à la station-service faisait partie du cortège de la mort. Une coïncidence serait absurde. Elle rejoint les deux autres et ...

Je n'y connais rien, en modèles de voiture, je serais incapable de dire s'il s'agit de modèles identiques à ceux qui descendent régulièrement le chemin de terre vers la villa des Moran. Ça y ressemble énormément. Et si c'étaient les mêmes ?

Cela ne m'apprend rien de plus sur leurs conducteurs. Y avait-il encore d'autres personnes dans les voitures ? S'agissait-il des deux types venus me voir Genève ? Avec un troisième complice ? Peut-être cet homme qui m'a sommée d'arrêter ce que je fais au cocktail de l'autre jour ?

Mais arrêter quoi exactement ? Arrêter de rendre visite à Morgan ? Arrêter de regarder le vide sanitaire ? Arrêter …

Ils ont toujours été là.

Hubert Cardinet. Quelqu'un lui avait-il demandé d'arrêter, avant qu'il ne meure dans des circonstances non élucidées ?

D'impuissance, sans pouvoir pleurer, je gémis tout haut dans le silence de la chambre.

Mais qu'est-ce qu'il se passe …

CHAPITRE 23

Face à moi, perplexe, le gendarme consulte une par une les photos des dommages sur ma voiture.

« Je n'ai jamais entendu une histoire pareille depuis que je suis en poste ici. »

Il est contrarié par la gravité des faits. Je ne sais pas quoi lui répondre. Lui est contrarié lorsque que j'ai simplement échappé à la mort hier en fin d'après-midi.

« Vous êtes sûre que vous n'avez pas la moindre idée de qui était dans ces voitures ?
- Non, je n'ai vu personne à cause des vitres teintées. »

J'ai volontairement omis l'histoire du mec de la station-service qui ressemblait à la paire d'individus de Genève car je ne souhaite pas passer pour une allumée paranoïaque et me décrédibiliser, pas plus que je ne souhaite évoquer le Monsieur Arrêtez-Ce-Que-Vous-Faites qui m'avait prise à parti.

Mon interlocuteur repose les photos sur la table.

« Madame Bianci, avez-vous des ennemis connus ?
- Connus, non. Mais je vous ai apporté quelque chose. Matière à une seconde plainte que je dois déposer. »

Je sors de mon sac l'épaisse chemise contenant les impressions d'écran qu'Émilien m'a envoyées.

« Vous trouverez ici une cinquantaine de menaces de mort. »

Le gendarme écarquille les yeux alors qu'il tend la main pour les saisir.

« Pardon ?
- Oui. Une cinquantaine de menaces de mort assez récentes provenant des plateformes où je diffuse du contenu pour mon travail et sur mon site internet. Le problème, c'est que tout cela est on ne peut plus anonyme. »

Le gendarme se gratte l'arrière de la tête, comme submergé.

« Ah oui ... en effet ... c'est du sérieux. »

Il tente de rester stoïque mais je vois bien qu'il est estomaqué.

*

Je regagne ma Tiguan défoncée stationnée sur le parking qui jouxte la Gendarmerie. Je referme ma portière et la verrouille.

« Je vous recommande une vigilance accrue à partir de maintenant », m'a conseillé l'officier lorsque j'ai pris congé.

« Ne vous exposez pas, ne commettez pas d'imprudence. Vous ne savez pas à qui vous avez à faire, et nous non plus pour l'instant ».

Silvio n'a pas essayé de m'appeler pour savoir comment s'était passé ma plainte. Seul Jean-Gérard m'a écrit. Pour me parler de la visite de vignoble prévue demain.

Je ne sais pas comment je vais y arriver, dans quel état je vais devoir me présenter là-bas. Je ne sais pas comment je vais parvenir à faire bonne figure. Ça commence à devenir trop difficile de faire semblant.

Je sens que tout m'échappe à nouveau. Les mille pièces assemblées de ma vie. Encore une fois, je ne maitrise plus ma destinée. Le tourbillon qui s'apprête à m'avaler n'est que le frère jumeau de celui qui a déjà ravagé ma vie par le passé.

Je pensais m'en être sortie, pourtant. J'en étais parfaitement sortie.

La tête dans les mains j'éclate en sanglots. Je craque. Il faut que ça sorte. Je pleure tellement que je me demande si les larmes auront une fin. Au bout d'un temps, j'estime que ça suffit. Que je ne vais pas rester pleurer sur un parking jusqu'à demain.

Je me mouche bruyamment puis consulte le miroir du rétroviseur. J'ai les yeux écarlate, soulignés de longues coulées de mascara en zigzag. Les torrents de larmes ont emporté le fonds de teint là où elles ont coulé. J'ai la même tête qu'à ma période trash, quand mon régime se résumait aux nuits blanches, à l'alcool, au café et aux clopes. C'est une catastrophe.

BAM !

Un grand coup frappé à ma vitre. Je bondis de frayeur.

À ma fenêtre s'agitent deux jeunes femmes enthousiastes.

« Je te l'avais bien dit, que c'était elle ! s'écrie la première.
- Mais ... vous êtes Gloria !? J'adore vos vidéos ! ».

*

Je conduis doucement dans la campagne. Je m'arrête devant une minuscule chapelle entouré de pins Parasols et gare ma voiture devant.

J'entre dans l'édifice, dépouillé et austère. J'allume un cierge et m'assieds sur une chaise grinçante et bancale.

Je n'ai pas la force de prier. Je reste là sans bouger.

À présent, je me sens plus calme, en sécurité.

Je reste ici sans regarder le temps passer.

CHAPITRE 24

J'entends l'exploitant parler sans écouter un mot de ce qu'il raconte. Ses vignes s'étendent à perte de vue jusqu'aux roches rouges.

Ce sont les roches que contemple, hypnotisée par l'insomnie.

Mais vous regardez au mauvais endroit, Madame. Il faut lever les yeux vers les roches, avait dit Hubert Cardinet avant de mourir.

C'est exactement ce que je fais.

Un sifflement du viticulteur interrompt ma rêverie. L'homme examine ma carrosserie, les poings sur les hanches.

« Dites-donc, j'avais pas vu ça ! Ça dû être quelque chose, vous l'avez échappé belle ! »

Si vous saviez, cher Monsieur. Si vous saviez …

*

La vue de la Mercedes de Silvio garée devant la maison me fait cligner des yeux. Depuis notre mariage, les jours où mon mari a pu rentrer plus tôt que prévu à la maison se comptent sur les doigts d'une main et demie. Enfin une bonne surprise dans cette succession de saloperies. Je détache ma ceinture avec le premier sourire spontané depuis ... l'effort de mémoire est trop intense. Je ne peux plus faire aucun effort dans cet état d'abattement. Silvio est rentré. Je vais prendre le reste de ma journée.

« Coucou je suis là ! Tu ne m'avais pas dit que tu allais finir tôt, j'aurais organisé quelque chose ! »

Silvio reste assis sur le canapé du salon. Il a l'air maussade et ne se lève pas pour m'embrasser. Il n'a jamais fait ça.

« Qu'est-ce qui t'arrive ? Ça va pas ?
- Tu peux m'expliquer ça ? » exige-t-il froidement.

D'un geste de la main, il désigne les magazines sur les ovnis que je n'ai jamais eu le temps de feuilleter, accompagnés du livre corné qui à l'inverse paraît bien entamé.

« C'est quoi, ça ?
- C'est un livre de poche. Et des magazines.
- Je peux savoir d'où te vient cette lubie pour ces conneries ? »

Je ne me dispute jamais avec Silvio. Nous avons des caractères tempérés et complémentaires. Sauf à cet instant où je dois maîtriser ma fréquence vocale et me retenir de crier. Ce n'est pas élégant. Et j'ai toujours eu en horreur les gens qui crient. Ces gens perdent leur crédibilité en perdant leur sang-froid.

« Je vais être très claire, mon cher, sache que tu n'as pas ton mot à dire sur mes lectures. Je lis absolument ce que je veux, conneries ou pas, et je me passe de ta permission. Je peux lire Mickey Magazine si ça me chante, ou des revues spécialisées dans les bétonneuses du BTP ou les papillons sauvages. Ce sont mes lectures. Et d'ailleurs, comment se fait-il que tu aies mis la main dessus ? Il me semble pourtant que tout ça était bien rangé. »

Silvio frotte ses grandes mains sur ses genoux, quelque peu embarrassé.

« Je cherchais des papiers pour refaire mon passeport.
- Tiens donc. C'est un peu bizarre de chercher tes papiers personnels dans le tiroir de mon bureau où tu ne fous jamais les pieds, à la place du tiroir de ton bureau personnel où tu ranges tout bien soigneusement, tu ne trouves pas ?
- C'est pas vraiment le sujet, Gloria.
- De quoi ? Le fait que tu fouilles dans mes affaires ? »

Il ne répond pas et se contente de me regarder avec un air désapprobateur. Je monte à l'étage et décide de l'ignorer pour ce qu'il reste de la journée.

*

Au moment d'aller dormir, j'entre dans la chambre déjà éteinte où Silvio dort comme si de rien n'était. Je me couche en lui tournant le dos.

CHAPITRE 25

L'écriture du nouveau rédactionnel du site internet de Nonchalante est chaotique. J'écris n'importe quoi. Je n'arrive pas à travailler tant je suis déprimée. Je ne cesse de me lever et me rassoir à mon bureau. Je pense à Morgan, mon seul soutien, avachi dans son studio par ma faute, sans savoir exactement où est ma faute. Je pense au départ glacial de Silvio parti pour Paris ce matin. Jamais nous n'avions eu de genre d'accrochage. J'avais rêvé d'une vie de couple harmonieuse sans animosité, je dois désormais revoir mes ambitions à la baisse.

Hier sur le canapé, Silvio affichait cet air réprobateur identique à celui qu'avait commencé à adopter Ruben quelques temps avant qu'il ne décide d'annuler notre mariage. Ce masque sombre, de doute et de méfiance. Est-ce que Silvio songe à franchir l'échelon supérieur et requérir un divorce ?

Je referme mon ordinateur et replace ma chaise. Quand ça ne veut pas, rien ne sert de forcer, ça rend les choses pires encore. Je n'ai écrit que deux paragraphes très moyens depuis la fin de la matinée. Il est quatorze heures trente et je n'ai rien produit de mieux depuis. J'ai besoin d'air.

La brise fraiche de fin octobre m'accueille dans le jardin. J'hésite à rentrer chercher de quoi me couvrir mais mon corps s'accommode à la fraicheur. Je compose le numéro de ma meilleure amie. Lui parler me changera les idées. Kelly répond en quelques secondes.

« Bon, toi, il y a un truc qui va pas », déclare-t-elle au bout d'une minute de discussion de pure forme.

À quoi avais-je pensé en l'appelant ? Qu'elle ne se rendrait compte de rien ? Je n'ai rien à raconter parce que rien n'est normal et je n'ai pas envie de parler de tout ce qui m'arrive. Je l'appelais juste pour l'entendre, elle, absorber de sa lumière par sa voix.

« Qu'est-ce qui ne va pas ? Ne me mens pas, je t'ai grillée.
- Rien de particulier. Un coup de cafard. »

Je l'entends remuer des feuilles de papier.

« Écoute, j'ai un creux dans mon planning ces prochains jours. Et il y a un ou deux trucs prévus que je peux reporter ou me faire remplacer. Tu veux que je vienne te voir là-bas ? »

Je lui fais pitié à ce point. Kelly sait que je n'ai pas d'autre amie. Mais quelle amie. Une amie prête à traverser le pays parce que j'ai un coup de cafard. Je ne la mérite pas. Je ne mérite pas qu'elle vienne.

« Non, ça va aller. Ne t'inquiète pas pour moi. Tu sais ça arrive … »

Je m'assieds sur un transat et laisse partir Kelly dans un long monologue de consolation en contemplant les roches rouges de la montagne.

… Mais vous regardez au mauvais endroit, Madame. Il faut lever les yeux vers les roches.

C'est ce que je fais, Monsieur Cardinet.

… vers les roches.

Je raccroche en ayant affirmé à Kelly que j'allais bien. Je glisse mon portable dans ma poche.

Je contourne la maison en direction du flanc de montagne.

Je commence à grimper, je ne m'attendais à pas à ce que la pente soit si raide, je ne m'y étais jamais aventurée. Je dois me frayer un chemin à la force des bras au milieu de la végétation sèche à défaut de sentier tracé. Les brindilles s'accrochent à mes vêtements et mes cheveux, comme pour me retenir, m'empêcher d'aller plus loin. Je dois m'arrêter tous les deux mètres pour me libérer de leur emprise et poursuivre mon ascension.

Il me faut vingt minutes de négociation avec la nature pour accéder à la cavité d'où j'avais aperçu le type à poil pendant le barbecue avec les Pons. Sans y entrer, je me tiens sur l'épais socle de pierre qui offre un seuil au trou béant, et regarde vers l'intérieur.

Quelque chose est bizarre. Je me sens bizarre. D'imperceptibles des vibrations font écho tout autour de moi. Un bourdonnement circulaire, tel un pneu de vélo crevé filant à toute allure près de mes oreilles. L'intérieur de la grotte se met à scintiller, découvrant des milliers de cristaux parasites. Les mêmes cristaux aperçus dans le vide sanitaire. Je distingue des bribes de voix déformées dans ce brouhaha d'ondes. Un malaise empoisonne tout mon corps, m'engourdit d'un sentiment d'irréalité. Comme si plus rien n'était familier. Je regarde en bas vers le hameau pour reprendre un contact visuel avec que je connais.

Je ne vois plus ma maison. Je suffoque de terreur. Je ne vois plus aucune maison au creux de la plaine. En bas tout a disparu, le paysage est complètement sauvage. Complètement désert, si ce n'est …

À l'emplacement de leur villa effacée, les Moran lèvent la tête vers moi. J'ai un violent vertige. La tête me tourne à toute vitesse, mon corps bascule d'un côté et de l'autre. Réagis ! Si tu ne fais rien tu vas tomber dans le vide !! Vas-y !

Je saute du promontoire rocheux. Je dévale la pente le plus vite possible, ignorant les gifles des buissons, les branches recroquevillées qui arrachent mes vêtements comme autant de griffes qui me lacèrent la peau. Je suis en sang mais je vois …

Je vois ma maison. Et les autres maisons.

Je suffoque de soulagement et de peur à la fois. Le bourdonnement et les voix s'éloignent de plus en plus. Elles s'éteignent pour de bon lorsque je parviens en bas de la pente. Le jour a drastiquement baissé d'un seul coup.

Je franchis le seuil de la maison totalement sonnée. L'horloge du salon indique seize-heures cinquante-deux. C'est impossible, il n'a pas pu se passer deux heures depuis que je suis descendue du bureau. Je sors mon portable de ma poche.

Il indique exactement la même heure.

CHAPITRE 26

Il fait grand jour. J'ouvre lentement les yeux dans mon lit. J'émerge difficilement.

Je ne comprends pas trop ce réveil. Je ne me souviens pas m'être couchée. Mon cœur s'accélère. Je ne me souviens de rien après être redescendue de la grotte, d'être rentrée à la maison et d'avoir consulté l'heure. De rien ! Je ne sais même pas quelle à heure nous sommes de la matinée. Je n'ai pas entendu la sonnerie du réveil.

L'écran digital posé sur la table de nuit de Silvio indique neuf heures douze. Comment j'ai fait pour ne pas entendre mon réveil, si strident qu'il réveillerait un mort ? J'ai à la fois l'impression d'avoir trop dormi et pas assez. Peut-être que je n'avais plus de batterie dans mon téléphone, que mon réveil n'a pas pu sonner.

J'attrape mon portable sur la table de nuit. Il a bien de la batterie mais quelque chose ne va pas. Au nombre d'appels en absence et de messages reçus pendant que je dormais. Silvio aurait tenté de me joindre neuf fois avant de finir pas laisser un message. Neuf fois !?

J'écoute le message en haut-parleur. Silvio parle d'une voix triste.

« Ma chérie, écoute, j'ai bien compris que tu ne voulais pas me parler. Je veux bien concéder qu'on s'est quittés un peu fâchés avant-hier mais bon, quarante-huit heures sans nouvelles, c'est un peu raide. J'aimerais bien te parler, tout ça est vraiment stupide. Tu me manques. »

Il est complètement dingue. Oui en effet, nous ne nous sommes pas téléphoné hier, mais je comptais le faire aujourd'hui après vingt-quatre heures de brouille suffisantes. Tout cela était déjà bien assez puéril.

Mais il ne s'est pas passé deux jours, il abuse, on ... Je louche sur la date annoncée sur son écran de téléphone : vendredi 23 octobre. Ce qui est impossible car nous sommes jeudi.

Je m'éjecte du lit et m'assieds sur la banquette pour y voir plus clair dans mon esprit. Nous sommes jeudi. Pas vendredi. Hier, c'était mercredi, Silvio est parti hier matin, je ne suis pas folle, il y a bien ... Je bondis vers l'iPad rangé dans le tiroir de la commode.

Vendredi 23 octobre.

Je n'ai pas vécu la journée d'hier.

Fais un effort, je t'en supplie. Rassemble tes esprits ! J'ai beau essayer mais je ne comprends rien. Il me manque bien la journée d'hier. Je commence à paniquer pour de bon.

Je consulte tous les messages vocaux d'hier. J'écoute mon père qui veut prendre de mes nouvelles, Émilien qui m'annonce qu'il a trouvé une nouvelle traductrice pour le rédactionnel du site en version anglaise, un parfumeur indépendant qui propose une date de rendez-vous pour une collaboration.

Mais que s'est-il passé hier ?
Secoue-toi un peu, et rappelle Silvio. Je tombe directement sur sa messagerie. J'essaye de garder une voix la plus sereine possible malgré l'épouvante qui m'envahit.

« Mon amour c'est moi. J'ai eu tes messages et je te demande pardon. Je n'ai pas vu passer la journée d'hier et j'ai eu de gros problèmes de réseau à la maison. Rappelle-moi quand tu peux. Toi aussi tu me manques. J'ai hâte que tu rentres. »

Cette fois je n'ai pas menti. Je n'ai vraiment pas vu passer journée d'hier.

*

Je ne tiens plus en place. Mes jambes me démangent, mon cerveau tourne à l'hystérie. Je sors faire les cents pas dans le jardin, tourne en rond m'efforçant en vain comprendre ce qui a pu se passer.

Le portail de la propriété est grand ouvert. Au milieu de l'allée gît un vélo dont la roue arrière tourne encore en faisant se soulever la poussière. Quelqu'un est entré. Le cœur me cogne à n'en plus pouvoir. Je fais le tour de la maison sur la pointe des pieds dans les graviers.

L'intrus est derrière la maison. Il ne me voit pas.

Et moi je n'ai jamais vu ça.

Un individu étrange qui semble … danser dans le jardin. Je ne vois pas son visage, juste une chevelure à la couleur inhabituelle, un corps mince vêtu de vêtements amples, qui ondule des bras et des jambes sur une musique qui n'existe pas.

Faisant fi du bruit, je cours me barricader dans la maison. J'appelle la police dans le salon en surveillant les fenêtres.

« Il y a quelqu'un dans mon jardin, venez vite s'il vous plaît, je suis seule chez moi !
- Nous envoyons une voiture, Madame, assure une voix féminine.
- Dans combien de temps ?
- Quelques minutes. Restez avec moi au téléphone en attendant, vous voyez l'individu ?
- Non, il doit être encore derrière la maison.
- Je vois. Pourriez-vous me décrire l'intrus ?
- Je n'ai pas vu son visage à vrai dire. Il me tournait le dos quand je l'ai surpris. Il ne m'a

pas vue. Mais il est venu en vélo. Il y a un vélo par terre devant ma maison. Il venait d'arriver car la roue tournait encore.
- Et de dos, à quoi ressemblait cette personne ?
- Je pense que c'est un homme, de taille moyenne et maigre. Une chemise à carreaux rouge épaisse et un pantalon marron. Des cheveux décoiffés, un peu ... un peu orange, je ne sais pas trop comment expliquer. Une couleur pas du tout naturelle, vous voyez ?
- D'accord. Mes collègues ne vont pas tarder. Ça va Madame ?
- Oui, oui ... non, j'ai peur.
- Alors parlez-moi. Qu'est-ce que faisait cette personne derrière votre maison lorsque vous l'avez aperçue ?
- Il dansait.
- Il ... pardon, j'ai mal compris, il faisait quoi ?
- Il dansait, dis-je, me rendant compte de l'absurdité de cette conversation.
- Vous ... je ... mal ... Madame ? ...
- Vous m'entendez !? »

La communication coupe. Je me recroqueville dans un coin du salon en couinant d'épouvante comme un animal, des sanglots hystériques tandis que mes yeux restent secs.

Une silhouette approche en ondulant vers une fenêtre du salon. Et je vois son visage. Une figure cireuse et émaciée, les yeux creusés dans de minuscules interstices. Une mâchoire si étroite qu'il ne devrait pas être capable d'ouvrir la bouche.

Il se rapproche, se rapproche en ondulant son corps d'une démarche incompréhensible qui semble ne pas toucher le sol. Comme si ces mouvements lui permettaient de tenir debout, à la manière dont on garderait la tête à la surface immergé dans l'eau. Il atteint la vitre. Je hurle.

Il ne casse pas la vitre. Il …

Il passe au travers.

Comme si de rien n'était. Il se trouve maintenant dans le salon. Il est entré sans rien casser, sans faire de bruit. Il est devant moi, assise par terre dos au mur. Je me replie encore plus sur moi-même, je ne me pensais pas capable d'autant de contorsions, d'autant de rétractations de terreur. J'ai envie de vomir.

Je ne sais pas ce qu'il va me faire. Parce que s'il peut passer au-travers d'une vitre, Dieu sait ce qu'il peut me faire, à moi.

Il cesse de danser, flottant en stagnation à quelques centimètres du sol, et me jette un regard curieux. Comme si je n'avais rien à faire là, chez moi, dans cette maison où il est entré. Tant de choses me passent par la tête à toute vitesse.

« Tu ne sais pas quelles forces il y a dans ces roches ».

Il vient de prononcer cette phrase sans bouger les lèvres, d'une voix sans humanité. Une voix gutturale reproduisant son propre écho. Une voix de nulle part.

« Ils le savent, eux. Depuis des milliards d'années. C'est de par ici qu'ils viennent. Et c'est de par ici que l'on peut partir nous aussi, par là … »

Il observe un point en hauteur où il n'y a rien, d'un air qui pourrait sembler rêveur si cet être avait quelque chose d'humain.

« Est-ce qu'il te manque du temps ? »

Il me pose une question ? Vraiment ? Si je voulais je ne pourrais répondre tant mes muscles sont crispés d'horreur.

« S'il te manque du temps, c'est que tu es déjà partie. »

Il opère un geste étrange, comme s'il enlevait un chapeau qu'il ne porte pas pour me saluer. Il se retourne et repasse à travers la vitre. Il ondule en flottant sans toucher le sol jusqu'à son vélo. Il le relève, monte dessus et commence à pédaler.

Il disparaît avec vers la gauche du portail en direction des Moran, où il n'y a aucune issue.

*

Je n'explique aux policiers qu'une partie de ce que j'ai vu. Je taille dans la vérité pour rendre une version crédible de ce qu'il vient de se passer et dont je n'arrive ni à croire la réalité, ni à me remettre.

Ils sont arrivés une minute environ après que cette chose soit partie. Une minute de trop cumulée à celles où ils n'étaient pas encore arrivés, où il aurait pu se passer n'importe quoi.

Vraiment n'importe quoi.

Je leur récapitule la version officielle, comme pour m'en convaincre :

« Voilà, donc, le portail était ouvert, ce qui n'était pas normal. Il y avait un vélo au sol. J'ai aperçu un individu de taille moyenne derrière la maison qui me tournait le dos. Il avait une chevelure orange et des vêtements trop grands. Chemise rouge, pantalon marronnasse. Je suis rentrée m'enfermer chez moi sans qu'il ne me voit pour vous appeler. Puis je l'ai vu de loin passer par une fenêtre du salon que je croyais fermée. Je n'ai pas pu voir son visage mais il a dû s'apercevoir d'une présence car il est aussitôt allé récupérer son vélo pour repartir vers la gauche où il n'y a pas d'issue. »

Ceci est la seule incohérence que j'accepte de délivrer en plus du physique atypique de l'intrus dont l'un des agents, pour détendre l'atmosphère, faisait la remarque quelques instants plus tôt que cet homme avait tout d'un clown. Le plus jeune des trois agents m'observe d'un œil préoccupé depuis le début. Il me prend à part lorsque ses collègues sont sur le départ.

« Ça va aller, Madame ?
- Il va bien falloir.
- Vous allez rester toute seule, là ?
- Oui. Mon mari est à Paris jusqu'à demain pour le travail. »

Si seulement je pouvais lui dire ce que j'ai vraiment vu. Tout ce que j'aurais voulu qu'ils sachent. Que le mec dansait en ondulant. Qu'il marchait sans toucher le sol. Qu'il parlait avec un écho et passait à travers les vitres.

« Prenez soin de vous. Vous nous rappelez s'il y a à nouveau quelque chose d'anormal. De notre côté, nous allons être vigilants quant aux cyclistes que nous croiseront en repartant. Votre gus n'a pas encore pu aller bien loin. »

Je crois à l'inverse qu'il peut aller beaucoup plus loin que notre entendement ne nous permet de l'envisager.

*

Il est dix-huit heures et une nuit fraiche commence à tomber. Assise devant la piscine éclairée depuis des heures déjà, je finis par trouver la force de faire quelque chose. Je téléphone à Kelly. Je craque, cette fois-ci, ma voix tremble au téléphone.

« Ça ne va pas du tout, j'admets.
- Ah ben voilà ! s'écrie Kelly. Là on commence à parler, là j'ai la vérité. J'ai bien vu que tu étais

au trente-sixième dessous quand on s'est parlé avant-hier. Dis-moi tout. Qu'est-ce qu'il se passe ? C'est Silvio ? Ça ne va pas ?
- Non. Ce n'est pas Silvio.
- Ça m'étonnait aussi. Alors c'est quoi ?
- Je ne préfère pas en parler au téléphone, tu ... tu penses que tu peux toujours venir ? Ce n'est pas trop tard. Il faut que je te parle. Je ne sais pas trop à qui d'autre ...
- Gloria, je pars demain à la première heure si tu veux.
- D'accord. »

J'essuie quelques larmes qui ont coulé sans faire de bruit.

« Je vais prendre mon billet de ...
- Non, Kelly, tu ne fais rien. Je m'en occupe. Je te prends un vol pour Nice demain, je viendrais te chercher à l'aéroport.
- Comme tu veux. Ça me va.
- Je rentre m'occuper de la réservation. Je t'envoie ton billet dès que c'est fait. »

J'essuie une nouvelle salve de larmes qui ont un goût de soulagement. Kelly va venir. Je pourrais presque sourire mais pas encore. Je me contente de fixer la lune d'un œil morne.

Je me lève pour retourner dans la maison. Je ne fais qu'un pas. Et je m'arrête, comme si j'avais été foudroyée par le site silencieux.

Des flashes. Une quantité infinie de bribes de souvenirs aveuglants.

Une multitude.

Alors je me souviens. Je me rappelle être allée très loin. Trop loin.

Le téléphone me glisse des mains et tombe sur le travertin qui borde la piscine.

Je me souviens de tout à présent.

D'Absolument Tout.

*

Je demeure debout face aux roches éclairées par la lune, hypnotisée par mes propres souvenirs. Ils n'en finissent plus de me revenir en avalanches.

Je souris de toute mon âme, au vertige de ce que j'ai découvert. De ce que l'On m'a montré. À la pensée de ces choses inimaginables. De ces mondes que j'ai traversés dont personne n'a idée.

Des choses qu'il est impossible de décrire, ni ne serait-ce que d'imaginer.

Au loin, j'aperçois les Moran qui m'observent depuis leur demeure. Je les salue en souriant. Maintenant je sais qui ils sont. Je sais ce qu'ils sont. Je n'ai plus peur.

Je n'ai plus peur d'eux.

Ils ont toujours été là.

Je n'ai plus peur ... de rien.

À présent je dois témoigner. Oui, il le faut. C'est indispensable.

Il faut que l'on sache l'incommensurable immensité de ce qu'on ne voit pas et qui existe.

Je sens une pression dans mon dos. Je vois s'avancer la surface de la piscine. Je tombe dans l'eau. On m'a poussée dans l'eau froide. Je pousse sur mes pieds pour remonter à la surface au milieu du bassin. Je recrache de l'eau chlorée et reprends ma respiration, tout en me retournant à la recherche de la personne qui m'a poussée.

Je pousse un cri de douleur alors qu'une main que je ne vois pas tire mes paquets de cheveux mouillés vers l'arrière. Je me débats en tous sens. L'eau entre dans ma bouche, mes cris devinent d'inaudibles gargouillis de terreur inutiles.

Je résiste sauvagement, de toutes mes forces, pendant qu'on m'enfonce la tête sous l'eau.

Quand je marche dans la vallée de l'ombre de la mort ...
... Je ne crains aucun mal.

-FIN-

REMERCIEMENTS

Merci à mon mari, à ma famille adorée, merci à mes amis.

Merci aux anciens et nouveaux lecteurs.

Bien sincèrement,

Charline Quarré

DU MÊME AUTEUR

ROMANS

A Contre-Jour, 2011
Pas ce Soir, 2012 (Nommé au Prix Littéraire François Sagan 2013)

RECUEILS DE NOUVELLES D'EPOUVANTE

Train Fantôme, 2015
Ecarlates, 2016
Made In Hell, 2017
Série B, 2018
Horror Show, 2023

ROMANS D'EPOUVANTE

Fille à Papa, 2019
Influx, 2020
Soap, 2021
Sale Histoire, 2022
Underground, 2024

Site web de l'auteur : www.charlinequarre.com